Apuleius

Das Märchen von Amor und Psyche

Lateinisch/Deutsch

Übersetzt und herausgegeben von
Kurt Steinmann

Reclam

Heinz Haffter
Praeceptori humano
D. D. D.
Auctor

RECLAMS UNIVERSAL-BIBLIOTHEK Nr. 486
1978 Philipp Reclam jun. GmbH & Co. KG,
Siemensstraße 32, 71254 Ditzingen
Druck und Bindung: EsserDruck Solutions GmbH,
Untere Sonnenstraße 5, 84030 Ergolding
Printed in Germany 2022

ISBN 978-3-15-000486-9
www.reclam.de

Das Märchen von Amor und Psyche

Metamorphosen IV 28 – VI 24

Liber quartus

28 (1) Erant in quadam civitate rex et regina. hi tres numero filias forma conspicuas habuere. sed maiores quidem natu, quamvis gratissima specie, idonee tamen celebrari posse laudibus humanis credebantur; (2) at vero puellae iunioris tam praecipua, tam praeclara pulchritudo nec exprimi ac ne sufficienter quidem laudari sermonis humani penuria poterat. (3) multi denique civium et advenae copiosi, quos eximii spectaculi rumor studiosa celebritate congregabat, inaccessae formonsitatis admiratione stupidi et admoventes oribus suis dexteram primore digito in erectum pollicem residente ut ipsam prorsus deam Venerem religiosis ⟨venerabantur⟩ adorationibus. (4) iamque proximas civitates et attiguas regiones fama pervaserat deam, quam caerulum profundum pelagi peperit et ros spumantium fluctuum educavit, iam numinis sui passim tributa venia in mediis conversari populi coetibus vel certe rursum novo caelestium stillarum germine non maria, sed terras Venerem aliam virginali flore praeditam pullulasse.

29 (1) Sic immensum procedit in dies opinio, sic insu-

Viertes Buch

28 (1) Es waren in einer gewissen Stadt ein König und eine Königin. Diese hatten drei Töchter von auffallend schöner Gestalt. Aber die älteren, obgleich höchst anmutig anzusehen, glaubte man dennoch mit Menschenlob angemessen preisen zu können; (2) dagegen des jüngeren Mädchens Schönheit war so außerordentlich, so herrlich, daß man sie nicht anschaulich schildern, ja nicht einmal genügend rühmen konnte, weil die menschliche Sprache dazu zu arm war. (3) Kurz, viele Bürger und zahlreiche Fremde, welche das Gerücht von dem auserlesenen Anblick in emsigem Zulauf vereinte, bewunderten verblüfft die unerreichbare Wohlgestalt und verehrten sie mit frommer Anbetung, als ob sie geradezu die Göttin Venus persönlich wäre, indem sie die Rechte zum Munde führten und dabei den Zeigefinger auf den ausgestreckten Daumen legten.[1] (4) Und schon hatte die Kunde die nächsten Städte und angrenzenden Gegenden durchdrungen, die Göttin, welche die blaue Meerestiefe geboren und der Tau schäumender Fluten ernährt hat,[2] verkehre nun mitten im Gewühl des Volkes und verteile allenthalben ihre göttliche Gunst oder es hätten gewiß wiederum aus einem neuen Keim himmlischer Tropfen nicht Meere, sondern Länder eine andere Venus im Schmuck jungfräulicher Blüte hervorgebracht.

29 (1) So gewinnt der Glaube daran von Tag zu Tag unermeßlich an Boden, so durchschweift die sich verbreitende Kunde schon die nächsten Inseln, einen be-

las iam proxumas et terrae plusculum provinciasque plurimas fama porrecta pervagatur. (2) iam multi mortalium longis itineribus atque altissimis maris meatibus ad saeculi specimen gloriosum confluebant. (3) Paphon nemo, Cnidon nemo, ac ne ipsa quidem Cythera ad conspectum deae Veneris navigabant. sacra differuntur, templa deformantur, pulvinaria proteruntur, caerimoniae negleguntur. incoronata simulacra et arae viduae frigido cinere foedatae. (4) puellae supplicatur et in humanis vultibus deae tantae numina placantur. et in matutino progressu virginis victimis et epulis Veneris absentis nomen propitiatur iamque per plateas commeantem populi frequentes floribus sertis et solutis adprecantur.

(5) Haec honorum caelestium ad puellae mortalis cultum inmodica translatio verae Veneris vehementer incendit animos, et inpatiens indignationis capite quassanti fremens altius sic secum disserit:

30 (1) »En rerum naturae prisca parens, en elementorum origo initialis, en orbis totius alma Venus, quae cum mortali puella partiario maiestatis honore tractor, et nomen meum caelo conditum terrenis sordibus profanatur. (2) nimirum communi nominis piamento vicariae venerationis incertum sustinebo, et imaginem meam circumferet puella moritura. (3) frustra me pastor ille, cuius iustitiam fidemque magnus compro-

trächtlichen Teil des Festlandes und die meisten Provinzen. (2) Schon strömten viele Sterbliche auf langen Wegen und über abgrundtiefe Meerespfade zusammen zum ruhmreichen Prunkstück des Jahrhunderts. (3) Nach Paphos segelte niemand, nach Knidos niemand und selbst nach Kythera nicht, um die Göttin Venus anzuschauen.[3] Die Opferfeiern verschiebt man, die Tempel läßt man verfallen, die Polster[4] verschleißen, die heiligen Bräuche verkümmern. Unbekränzt bleiben die Götterbilder und die Altäre verwaist, von kalter Asche häßlich entstellt. (4) Das Mädchen verehrt man kniefällig, und im Menschenantlitz erfleht man die Gnade der gewaltigen Göttin. Und beim morgendlichen Spaziergang der Jungfrau versucht man mit Opfer und Speisen die Venus, die doch fern ist, sich gnädig zu stimmen, und wenn sie dann erst durch die Straßen wandelt, beten die Leute sie in hellen Scharen mit Girlanden und Blumen an.

(5) Diese maßlose Übertragung himmlischer Ehren auf die Huldigung eines sterblichen Mädchens versetzt die wahre Venus in glühenden Zorn, und, nicht imstande, ihre Entrüstung zu meistern, schüttelt sie heftig ihr Haupt, murrt aus tiefster Seele und spricht so zu sich:

30 (1) »Ist es zu glauben, ich, die Urmutter der Natur, der Ur-Ursprung der Elemente, ich Venus, Ernährerin des ganzen Erdkreises,[5] muß mit einem sterblichen Mädchen Ansehen und Ehre teilen, und mein Name, der im Himmel beheimatet ist, wird durch irdischen Schmutz entweiht! (2) Natürlich, ein gemeinsames Sühnopfer wird unserem Namen dargebracht, ich soll dabei die Ungewißheit stellvertretender Ehrerbietung ertragen, und mein Ebenbild soll ein Mädchen, das einmal sterben wird, herumtragen! (3) Vergeblich hätte mich dann jener Hirte,[6] dessen Gerechtigkeit und Redlichkeit beim großen Jupiter Beifall fanden,

bavit Iuppiter, ob eximiam speciem tantis praetulit deabus. sed non adeo gaudens ista, quaecumque est, meos honores usurpabit. iam faxo huius etiam ipsius inlicitae formonsitatis paeniteat.«

(4) Et vocat confestim puerum suum pinnatum illum et satis temerarium, qui malis suis moribus contempta disciplina publica, flammis et sagittis armatus per alienas domos nocte discurrens et omnium matrimonia corrumpens impune committit tanta flagitia et nihil prorsus boni facit. (5) hunc, quamquam genuina licentia procacem, verbis quoque insuper stimulat et perducit ad illam civitatem et Psychen – hoc enim nomine puella nuncupabatur – coram ostendit.

31 (1) Et tota illa perlata de formonsitatis aemulatione fabula gemens ac fremens indignatione »Per ego te«, inquit, »maternae caritatis foedera deprecor, per tuae sagittae dulcia vulnera, per flammae istius mellitas uredines, vindictam tuae parenti, (2) sed plenam tribue et in pulchritudinem contumacem severiter vindica idque unum et pro omnibus unicum volens effice: (3) virgo ista amore fraglantissimo teneatur hominis extremi, quem et dignitatis et patrimonii simul et incolumitatis ipsius Fortuna damnavit, tamque infimi, ut per totum orbem non inveniat miseriae suae comparem.«

(4) Sic effata et osculis hiantibus filium diu ac pressule saviata proximas oras reflui litoris petit plantisque roseis vibrantium fluctuum summo rore calcato ecce

wegen meiner ausnehmenden Schönheit so mächtigen Göttinnen vorgezogen. Aber diese Person wird sich, wer sie auch sei, nicht gerade freuen können über die Anmaßung meiner Ehren! Ich werde schon dafür sorgen, daß sie sich über ebendiese unerlaubte Schönheit noch grämen wird!«

(4) Und stracks ruft sie ihren Jungen, jenen beflügelten Spitzbuben, der mit seinem schlechten Benehmen die öffentliche Zucht mißachtet, mit Flammen und Pfeilen bewaffnet nachts in fremden Häusern herumrennt, aller Leute Ehen zerstört, ungestraft ungeheure Schandtaten begeht und überhaupt nichts Anständiges tut.[7] (5) War diesem dreiste Ausgelassenheit schon angeboren, so stachelt sie ihn noch dazu mit Worten an, führt ihn zu jener Stadt hin und läßt ihn Psyche – so lautete nämlich der Name des Mädchens – mit eigenen Augen sehen.

31 (1) Dann berichtet sie ihm die ganze Geschichte, wie das Mädchen ihrer Schönheit nacheifere, seufzt dann und spricht schnaubend vor Entrüstung: »Bei den Banden der Mutterliebe flehe ich dich an, bei deines Pfeiles süßen Wunden, bei deiner Liebesflamme wonnereichen Glut: verschaffe Genugtuung deiner Mutter, (2) aber vollständige, geh streng vor gegen die trotzbietende Schönheit und bringe mir zuliebe dies eine und statt alles anderen einzig dies zustande: (3) dieses Mädchen da soll sich in feurigster Liebe zum niedrigsten Menschen verzehren, den das Schicksal zugleich an Ehre, Vermögen, ja selbst an der Gesundheit gestraft hat und der so tief steht, daß er auf dem ganzen Erdkreis keinen findet, der ihm an Erbärmlichkeit gleichkäme.«

(4) Nachdem sie so gesprochen und ihrem Sohn lang und innig lechzende Küsse gegeben hat, eilt sie zum nächsten Gestade des brandenden Meeres und betritt mit rosigen Sohlen die Taukrone zitternder Fluten.

iam profundi maris sudo resedit vertice et ipsum, (5) quod incipit velle, set statim, quasi pridem praeceperit, non moratur marinum obsequium: (6) adsunt Nerei filiae chorum canentes et Portunus caerulis barbis hispidus et gravis piscoso sinu Salacia et auriga parvulus delphini Palaemon. (7) iam passim maria persultantes Tritonum catervae hic concha sonaci leniter bucinat, ille serico tegmine flagrantiae solis obsistit inimici, alius sub oculis dominae speculum progerit, curru biiuges alii subnatant. talis ad Oceanum pergentem Venerem comitatur exercitus.

32 (1) Interea Psyche cum sua sibi perspicua pulchritudine nullum decoris sui fructum percipit. spectatur ab omnibus, laudatur ab omnibus, nec quisquam, non rex non regius nec de plebe saltem cupiens eius nuptiarum petitor accedit. (2) mirantur quidem divinam speciem, sed ut simulacrum fabre politum mirantur omnes. (3) olim duae maiores sorores, quarum temperatam formonsitatem nulli diffamarant populi, procis regibus desponsae iam beatas nuptias adeptae, (4) sed Psyche virgo vidua domi residens deflet desertam suam solitudinem aegra corporis, animi saucia, et quamvis gentibus totis complacitam odit in se suam formonsitatem.

(5) Sic infortunatissimae filiae miserrimus pater suspectatis caelestibus odiis et irae superum metuens dei

Und siehe, da läßt sie sich nun nieder auf dem heiteren Wirbel des tiefen Meeres, (5) und wie sie es eben zu wünschen sich anschickt, doch auf der Stelle, als ob sie es schon längst geboten hätte, läßt das Gefolge des Meeres nicht auf sich warten: (6) es erscheinen die Töchter des Nereus, die im Chore singen, Portunus mit struppigem, schwarzblauem Bart, ihren Schoß schwer beladen mit Fischen Salacia und der junge Lenker des Delphins, Palaemon. (7) Schon durchtanzen allenthalben die Scharen der Tritonen das Meer: hier bläst einer sanft auf tönender Muschel, dort schützt einer mit einem seidenen Schirm vor der feindlich brennenden Sonne, ein anderer hält der Herrin einen Spiegel unter die Augen, wieder andere schwimmen, doppelt an einen Wagen geschirrt, zu ihren Füßen. Solch ein Heer geleitet Venus auf ihrer Reise zum Ozean.[8]

32 (1) Inzwischen zieht Psyche trotz ihrer ganzen strahlenden Schönheit keinen Gewinn aus ihren Reizen. Betrachtet wird sie von allen, gelobt von allen, aber keiner, kein König, kein Prinz und auch nicht wenigstens ein Bewerber aus dem Volk stellt sich ein, sie zu freien. (2) Man bewundert zwar ihr göttliches Aussehen, doch so, wie alle ein kunstvoll gearbeitetes Standbild bewundern. (3) Längst waren die beiden älteren Schwestern, deren mäßige Schönheit niemand im Volk rühmend verkündet hatte, mit königlichen Freiern verlobt worden und hatten es schon zu glücklicher Vermählung gebracht, (4) Psyche hingegen sitzt als ledige Jungfer zu Hause, beweint ihre Verlassenheit und Einsamkeit, ist dabei krank an Körper, im Herzen wund und haßt ihre eigene Schönheit, die doch allen Leuten gefällt.

(5) So erforscht der tiefbetrübte Vater der tiefunglücklichen Tochter, weil er den Haß der Himmlischen vermutet und den Zorn der Überirdischen

Milesii vetustissimum percontatur oraculum (6) et ⟨a⟩ tanto numine precibus et victimis ingratae virgini petit nuptias et maritum. sed Apollo, quamquam Graecus et Ionicus, propter Milesiae conditorem sic Latina sorte respondit:

33 (1) »Montis in excelsi scopulo, rex, siste puellam
ornatam mundo funerei thalami.
nec speres generum mortali stirpe creatum,
sed saevum atque ferum vipereumque malum,
(2) quod pinnis volitans super aethera cuncta fatigat
flammaque et ferro singula debilitat,
quod tremit ipse Iovis, quo numina terrificantur
fluminaque horrescunt et Stygiae tenebrae.«

(3) Rex olim beatus affatu sanctae vaticinationis accepto pigens tristisque retro domum pergit suaeque coniugi praecepta sortis enodat infaustae. maeretur, fletur, lamentatur diebus plusculis. sed dirae sortis iam urget taeter effectus. (4) iam feralium nuptiarum miserrimae virgini choragium struitur, iam taedae lumen atrae fuliginis cinere marcescit et sonus tibiae zygiae mutatur in querulum Ludii modum cantusque laetus hymenaei lugubri finitur ululatu et puella nup-

fürchtet, das uralte Orakel des Gottes von Milet[9] (6) und erbittet mit Gebeten und Opfern von der erhabenen Gottheit für das verschmähte Mädchen Hochzeit und Gemahl. Doch Apollo, obgleich Grieche und Ionier, antwortete aus Rücksicht auf den Verfasser des milesischen Romans mit einem lateinischen Orakelspruch folgendermaßen:[10]

33 (1) »Stelle das Mädchen auf steilen Gebirges Felsen, o König,
prangend im Schmuck einer Braut, welche dem Tode geweiht!
Nicht erhoffe du dir einen Eidam aus sterblichem Stamme,
sondern ein Viperngezücht, wütend und grausam zugleich.
(2) Hoch am Himmel flattert's daher und zermürbt alle Wesen,
und mit Feuer und Stahl schwächt es ein jedes, das lebt.
Jupiter selbst erzittert vor ihm, die Götter erschrecken,[11]
Flüsse schaudern davor, stygisches Dunkel dazu.«

(3) Als der einst glückliche König den Ausspruch der heiligen Weissagung empfangen hat, kehrt er mißmutig und traurig nach Hause zurück und enthüllt seiner Gattin die Weisungen des Unglücksorakels. Man trauert, weint und klagt mehrere Tage lang. Aber schon drängt der entsetzliche Vollzug des gräßlichen Orakels. (4) Schon wird für die ärmste Jungfrau die Ausstattung zur tödlichen Hochzeit zugerüstet, schon wird das Licht der Hochzeitsfackel in rußig-schwarzer Asche matter, verwandelt sich der Ton der Hochzeitsflöte in klagende Lyderweise,[12] endet der frohe Gesang des Hochzeitsliedes in kläglichem Heulen und wischt das Mädchen, das heiraten sollte, ihre Tränen

tura deterget lacrimas ipso suo flammeo. (5) sic adfectae domus triste fatum cuncta etiam civitas congemebat luctuque publico confestim congruens edicitur iustitium.

34 (1) Sed monitis caelestibus parendi necessitas misellam Psychen ad destinatam poenam efflagitabat. perfectis igitur feralis thalami cum summo maerore sollemnibus toto prosequente populo vivum producitur funus et lacrimosa Psyche comitatur non nuptias, sed exequias suas. (2) ac dum maesti parentes et tanto malo perciti nefarium facinus perficere cunctantur, ipsa illa filia talibus eos adhortatur vocibus:

(3) »Quid infelicem senectam fletu diutino cruciatis? quid spiritum vestrum, qui magis meus est, crebris eiulatibus fatigatis? quid lacrimis inefficacibus ora mihi veneranda foedatis? quid laceratis in vestris oculis mea lumina? quid canitiem scinditis? quid pectora, quid ubera sancta tunditis? (4) haec erunt vobis egregiae formonsitatis meae praeclara praemia. Invidiae nefariae letali plaga percussi sero sentitis. (5) cum gentes et populi celebrarent nos divinis honoribus, cum novam me Venerem ore consono nuncuparent, tunc dolere, tunc flere, tunc me iam quasi peremptam lugere debuistis. iam sentio, iam video solo me nomine Veneris perisse. (6) ducite me et cui sors addixit scopulo sistite. festino felices istas nuptias obire, festino generosum illum maritum meum videre. quid differo,

mit dem eigenen Brautschleier ab. (5) Auch die ganze Stadt beklagte das traurige Schicksal des so heimgesuchten Hauses, und der allgemeinen Betrübnis entsprechend, wird sogleich Landestrauer angeordnet.

34 (1) Doch der unerbittliche Wille der Himmlischen verlangte Gehorsam, und so mußte sich die arme Psyche der festgesetzten Strafe unterziehen. Nachdem also die Feierlichkeiten der Todeshochzeit unter tiefster Trauer vollzogen waren, wird unter dem Geleit des ganzen Volkes der lebendige Leichnam hinausgeführt, und voll Tränen in den Augen folgt Psyche nicht ihrem Hochzeits-, sondern ihrem Leichenzug. (2) Und als die Eltern, niedergeschlagen und durch die Größe des Unglücks verstört, zaudern, die schreckliche Tat zu vollbringen, macht ihnen ihre Tochter selber Mut mit folgenden Worten:

(3) »Was quält ihr euer unglückliches Alter mit unablässigem Weinen? Was zermürbt ihr euer Leben, das doch eher mir gehört, mit ununterbrochenen Klagen? Was entstellt ihr mit nutzlosen Tränen euer mir verehrungswürdiges Antlitz? Was zerstört ihr in euren Augen mein eigenes Augenlicht? Was zerrauft ihr euer graues Haar? Was schlagt ihr die Brust, was den mir heiligen Busen? (4) Dies wird euch die herrliche Belohnung für meine erlesene Schönheit sein! Zu spät merkt ihr, daß euch frevelhafter Neid mit tödlichem Schlag getroffen hat. (5) Als alle Leute mich mit göttlichen Ehren feierten, als sie mich einstimmig eine neue Venus nannten, da hättet ihr jammern, da weinen, da mich betrauern sollen, als wäre ich schon dahin. Jetzt merke ich, jetzt sehe ich, daß allein der Name Venus mir das Leben kostete. (6) Führt mich hin und stellt mich auf den Felsen, dem mich das Orakel geweiht hat! Ich eile, diese glückliche Hochzeit zu begehen, ich eile, meinen edlen Gatten dort zu sehen. Was halte ich ihn hin, was lehne ich das Kom-

quid detrecto venientem, qui totius orbis exitio natus est?«

35 (1) Sic profata virgo conticuit ingressuque iam valido pompae populi prosequentis sese miscuit. (2) itur ad constitutum scopulum montis ardui, cuius in summo cacumine statutam puellam cuncti deserunt taedasque nuptiales, quibus praeluxerant, ibidem lacrimis suis extinctas relinquentes deiectis capitibus domuitionem parant. (3) et miseri quidem parentes eius tanta clade defessi, clausae domus abstrusi tenebris, perpetuae nocti sese dedidere.

(4) Psychen autem paventem ac trepidam et in ipso scopuli vertice deflentem mitis aura molliter spirantis Zephyri vibratis hinc inde laciniis et reflato sinu sensim levatam suo tranquillo spiritu vehens paulatim per devexa rupis excelsae vallis subditae florentis cespitis gremio leniter delapsam reclinat.

men dessen ab, der zur Vernichtung des ganzen Erdkreises geboren ist?«

35 (1) Nach diesen Worten verstummte das Mädchen und mischte sich nun mit entschlossenem Schritt unter den Zug des geleitenden Volkes. (2) Man geht zum angewiesenen Felsen des steilen Berges, stellt das Mädchen auf seinen höchsten Gipfel, und nun verlassen es alle, lassen die Hochzeitsfackeln, mit denen sie vorangeleuchtet hatten, ebenda zurück – sie waren unter ihren Tränen erloschen – und machen sich mit gesenkten Köpfen auf den Heimweg. (3) Und die armen Eltern gar waren durch das furchtbare Unglück so mitgenommen, daß sie ihr Haus verriegelten, sich in dessen Finsternis verkrochen und sich dauernder Nacht anheimgaben.

(4) Psyche aber, die ängstlich und zitternd dort auf dem Felsgipfel sich ausweint, hebt ein mildes Lüftchen des sanft wehenden Zephyrs mit flatterndem Gewand und geblähtem Bausch unmerklich in die Höhe, trägt sie mit seinem ruhigen Wehen ohne Hast über die Abhänge des ragenden Felsens hin, läßt sie sachte hinabgleiten und bettet sie drunten im Tale in den Schoß eines blühenden Rasens.

Liber quintus

1 (1) Psyche teneris et herbosis locis in ipso toro roscidi graminis suave recubans tanta mentis perturbatione sedata dulce conquievit. iamque sufficienti recreata somno placido resurgit animo. (2) videt lucum proceris et vastis arboribus consitum, videt fontem vitreo latice perlucidum. medio luci meditullio prope fontis adlapsum domus regia est aedificata non humanis manibus, sed divinis artibus. (3) iam scies ab introitu primo dei cuiuspiam luculentum et amoenum videre te diversorium. nam summa laquearia citro et ebore curiose cavata subeunt aureae columnae, parietes omnes argenteo caelamine conteguntur bestiis et id genus pecudibus occurrentibus ob os introeuntium. (4) mirus prorsum homo, immo semideus vel certe deus, qui magnae artis subtilitate tantum efferavit argentum. (5) enimvero pavimenta ipsa lapide pretioso caesim deminuto in varia picturae genera discriminantur. vehementer, iterum ac saepius beatos illos, qui super gemmas et monilia calcant. (6) iam ceterae partes longe lateque dispositae domus sine pretio pretiosae toti-

Fünftes Buch

1 (1) Psyche lag sanft in einer weichen, grasreichen Wiese auf einem Polster taufrischen Rasens und fiel, als sich ihre gewaltige Aufregung gelegt hatte, in süßen Schlummer. Und schon erhebt sie sich beruhigten Sinns, erholt durch ausreichenden Schlaf. (2) Sie sieht einen Hain, in dem schlanke, mächtige Bäume angepflanzt sind, sie sieht eine Quelle, deren Wasser durchsichtig wie Glas ist. Ganz in der Mitte des Haines, nahe der heransprudelnden Quelle, steht ein Königspalast, nicht von Menschenhand, sondern durch die Kunst der Götter gebaut. (3) Schon beim ersten Eintreten erkennt man, daß man das prächtige und liebliche Lustschloß irgendeines Gottes vor Augen hat. Denn die Decken oben, mit Zitrusholz und Elfenbein kunstvoll eingelegt, ruhen auf goldenen Säulen, alle Wände sind mit silbernen Reliefs bedeckt von Bestien und anderen derartigen Tieren, die den Eintretenden gleichsam in die Augen springen. (4) Wirklich, ein Wunder von Mensch, nein, ein Halbgott oder gewiß sogar ein Gott ist es, der mit großartig feiner Kunst soviel Silber zu wilden Tieren gestaltet hat. (5) Und dann erst der Fußboden! Kleingeschnittene, kostbare Steine teilen ihn in bunte Bilder verschiedener Art auf. Über-, zwei- und dreifach selig, wer über Edelsteine und Kleinodien seinen Fuß setzen darf! (6) Dann die restlichen Teile des lang und breit angelegten, unglaublich kostbaren Hauses: die Wände, von oben bis unten fest gefügt aus Goldplatten, strah-

que parietes solidati massis aureis splendore proprio coruscant, ut diem suum sibi domus faciat licet sole nolente: sic cubicula, sic porticus, sic ipsae valvae fulgurant. (7) nec setius opes ceterae maiestati domus respondent, ut equidem illud recte videatur ad conversationem humanam magno Iovi fabricatum caeleste palatium.

2 (1) Invitata Psyche talium locorum oblectatione propius accessit et paulo fidentior intra limen sese facit, mox prolectante studio pulcherrimae visionis rimatur singula et altrinsecus aedium horrea sublimi fabrica perfecta magnisque congesta gazis conspicit. nec est quicquam, quod ibi non est. (2) sed praeter ceteram tantarum divitiarum admirationem hoc erat praecipue mirificum, quod nullo vinculo, nullo claustro, nullo custode totius orbis thensaurus ille muniebatur. (3) haec ei summa cum voluptate visenti offert sese vox quaedam corporis sui nuda et »Quid«, inquit, »domina, tantis obstupescis opibus? tua sunt haec omnia. prohinc cubiculo te refer et lectulo lassitudinem refove et ex arbitrio lavacrum pete. (4) nos, quarum voces accipis, tuae famulae sedulo tibi praeministrabimus nec corporis curatae tibi regales epulae morabuntur.«

3 (1) Sensit Psyche divinae providentiae beatitudinem monitusque vocis informis audiens et prius somno et mox lavacro fatigationem sui diluit; (2) visoque statim proximo semirotundo suggestu propter instrumen-

len in ihrem eigenen Glanze, so daß das Haus sich seinen eigenen Tag macht, selbst wenn die Sonne nicht will: so blitzen die Schlafzimmer, so die Säulenhallen, so selbst die Türflügel. (7) Und ebenso entspricht der übrige Reichtum dem Prunk des Hauses, so daß es ja wahrhaftig scheint, dies sei, zu seinem Verkehr mit den Menschen für den mächtigen Jupiter erbaut, ein Himmelspalast.

2 (1) Der Zauber dieser Örtlichkeiten lädt Psyche ein, näherzutreten, und ein wenig zutraulicher überschreitet sie die Schwelle. Bald verlockt sie die Neugier, die wunderschönen Dinge anzuschauen, und so durchforscht sie alles und jedes; auf der anderen Seite des Gebäudes erblickt sie Vorratskammern von vollendet erhabener Bauart und vollgestopft mit reichen Schätzen. Es gibt nichts, was es dort nicht gibt! (2) Aber abgesehen von der sonstigen Bewunderung, welche solcher Reichtum erregte, war dies vor allem verwunderlich, daß jene Schatzkammer der ganzen Welt durch kein Schloß, keinen Riegel, keinen Wächter gesichert wurde. (3) Während sie diese Dinge mit höchster Wonne betrachtet, erklingt ihr eine körperlose Stimme, die sagt: »Was setzt dich, Herrin, solcher Reichtum in starres Erstaunen? Dir gehört dies alles. Begib dich also ins Schlafgemach, erquicke deinen müden Körper auf dem Lager und nimm ein Bad, sooft du willst! (4) Wir, deren Stimmen du vernimmst, werden dir als deine Dienerinnen fleißig aufwarten, und hast du deinen Körper gepflegt, so wird ein königliches Mahl nicht auf sich warten lassen.«

3 (1) Da erkannte Psyche das Glück göttlicher Fürsorge, und wie sie die Weisungen der gestaltlosen Stimme hört, verscheucht sie zunächst mit Schlaf und dann mit einem Bad ihre Müdigkeit; (2) und als sogleich ganz in ihrer Nähe ein halbrundes Lager[13] erscheint, hält sie es wegen des Geschirrs und Bestecks

tum cenatorium rata refectui suo commodum libens accumbit. (3) et ilico vini nectarei eduliumque variorum fercula copiosa nullo serviente, sed tantum spiritu quodam impulsa subministrantur. (4) nec quemquam tamen illa videre poterat, sed verba tantum audiebat excidentia et solas voces famulas habebat. (5) post opimas dapes quidam introcessit et cantavit invisus et alius citharam pulsavit, quae videbatur nec ipsa. tunc modulatae multitudinis conserta vox aures eius affertur, ut, quamvis hominum nemo pareret, chorus tamen esse pateret.

4 (1) Finitis voluptatibus vespera suadente concedit Psyche cubitum. iamque provecta nocte clemens quidam sonus aures eius accedit. (2) tunc virginitati suae pro tanta solitudine metuens et pavet et horrescit et quovis malo plus timet quod ignorat. (3) iamque aderat ignobilis maritus et torum inscenderat et uxorem sibi Psychen fecerat et ante lucis exortum propere discesserat. (4) statim voces cubiculo praestolatae novam nuptam interfectae virginitatis curant. haec diutino tempore sic agebantur. (5) atque ut est natura redditum, novitas per assiduam consuetudinem delectationem ei commendarat et sonus vocis incertae solitudinis erat solacium.

(6) Interea parentes eius indefesso luctu atque maerore consenescebant latiusque porrecta fama sorores illae maiores cuncta cognorant propereque maestae atque lugubres deserto lare certatim ad parentum suorum conspectum adfatumque perrexerant.

5 (1) Ea nocte ad suam Psychen sic infit maritus

zu ihrer Erlabung bestimmt und läßt sich frohgemut nieder. (3) Und auf der Stelle werden üppige Gänge mit Nektarwein und mannigfachen Gerichten, ohne irgendeinen Diener, nur durch einen Hauch herbeigezaubert, aufgetischt. (4) Niemanden jedoch konnte jene sehen, sondern hörte nur Worte fallen und hatte allein Stimmen als Dienerinnen. (5) Nach dem ausgiebigen Mahl kam jemand herein und sang unsichtbar, und ein anderer schlug die Zither, welche ebenfalls unsichtbar blieb. Alsdann dringen die vereinigten Stimmen einer melodisch singenden großen Schar an ihr Ohr, so daß es klar war, obgleich kein Mensch sich zeigte, daß gleichwohl ein Chor dasein müsse.

4 (1) Sobald die Genüsse zu Ende sind und der Abend dazu rät, geht Psyche schlafen. Die Nacht ist schon vorgerückt, da trifft ein sanfter Ton ihr Ohr. (2) Nun bangt sie um ihre Jungfräulichkeit – sie war ja so allein –, steht Angst und Schrecken aus und fürchtet mehr als irgendein anderes Unglück das, was sie nicht kennt. (3) Und schon war er da, der unbekannte Gemahl, hatte das Lager bestiegen, Psyche zu seiner Gattin gemacht und war vor Tagesanbruch eilig entschwunden. (4) Sogleich kümmern sich die im Schlafgemach wartenden Stimmen um die Neuvermählte, die ihre Jungfräulichkeit eingebüßt hat. Dies ging so eine lange Zeit. (5) Und wie es die Natur will, war ihr das neue Leben durch die dauernde Gewöhnung höchst lieb geworden, und der Klang der geheimnisvollen Stimme war ihr Trost in der Einsamkeit.

(6) Unterdessen alterten ihre Eltern in unablässiger Trauer und Betrübnis, und als die Kunde davon sich weiter verbreitete, hatten die älteren Schwestern alles erfahren, ihr Heim verlassen und waren traurig und bekümmert um die Wette gerannt, ihre Eltern zu sehen und zu trösten.

5 (1) In dieser Nacht beginnt zu seiner Psyche der

– namque praeter oculos et manibus et auribus ⟨ut praesent⟩ius nihil sentiebatur –: (2) »Psyche dulcissima et cara uxor, exitiabile tibi periculum minatur Fortuna saevior, quod observandum pressiore cautela censeo. (3) sorores iam tuae mortis opinione turbatae tuumque vestigium requirentes scopulum istum protinus aderunt. quarum si quas forte lamentationes acceperis, neque respondeas, immo nec prospicias omnino; ceterum mihi quidem gravissimum dolorem, tibi vero summum creabis exitium.«
(4) Annuit et ex arbitrio mariti se facturam spopondit. sed eo simul cum nocte dilapso diem totum lacrimis ac plangoribus misella consumit (5) se nunc maxime prorsus perisse iterans, quae beati carceris custodia septa et humanae conversationis colloquio viduata nec sororibus quidem suis de se maerentibus opem salutarem ferre ac ne videre eas quidem omnino posset. (6) nec lavacro nec cibo nec ulla denique refectione recreata flens ubertim decessit ad somnum.
6 (1) Nec mora, cum paulo maturius lectum maritus accubans eamque etiam nunc lacrimantem complexus sic expostulat: (2) »Haecine mihi pollicebare, Psyche mea? quid iam de te tuus maritus expecto, quid spero? et perdia et pernox nec inter amplexus coniugales desinis cruciatum? (3) age iam nunc, ut voles, et animo tuo damnosa poscenti pareto. tantum memineris meae seriae monitionis, cum coeperis sero paenitere.«

Ehemann so zu sprechen – denn wenn auch nicht mit den Augen, so doch mit den Händen und Ohren war seine Gegenwart ganz deutlich zu spüren: (2) »Psyche, über alles geliebte Gattin, die allzu grausame Fortuna bedroht dich mit tödlicher Gefahr, vor der du, meine ich, in ängstlicher Vorsicht auf der Hut sein mußt. (3) Deine Schwestern, die das Gerücht von deinem Tod verstört hat, sind auf der Suche nach deiner Spur und werden schon bald auf jenem Berggipfel erscheinen. Solltest du von ihnen irgendwelche Klagen hören, so antworte nicht, ja schau überhaupt nicht hin; sonst wirst du mir tiefsten Schmerz, dir aber schlimmstes Unheil bereiten!«
(4) Sie nickte zustimmend und gelobte, nach dem Willen ihres Gemahls zu handeln. Aber als er zugleich mit der Nacht entschwunden ist, bringt die Ärmste den ganzen Tag mit Tränen und Brüsteschlagen hin; (5) sie redet sich immer wieder ein, nun sei es erst recht mit ihr aus, da sie, im Gewahrsam eines prächtigen Kerkers eingeschlossen und von Umgang und Unterhaltung mit Menschen getrennt, nicht einmal ihren Schwestern, die um sie trauerten, heilsame Hilfe bringen und sie überhaupt nicht einmal sehen könne. (6) Weder durch ein Bad noch durch Speise oder sonstige Erquickung erfrischt, nur reichlich Tränen vergießend, zog sie sich zum Schlafen zurück.
6 (1) Und es dauert nicht lange, da legt sich ihr Gatte, etwas zeitiger als sonst, neben ihr ins Bett, umarmt die immer noch Weinende und macht ihr Vorwürfe: (2) »Das also versprachst du mir, meine Psyche? Was kann ich, dein Gatte, jetzt von dir erwarten, was erhoffen? Bei Tag und bei Nacht und selbst in den Armen deines Gatten hörst du nicht auf, dich zu quälen? (3) Wohlan, handle jetzt nur, wie du willst, und gib zu deinem Schaden dem Verlangen deines Herzens nach! Nur erinnere dich meiner ernsten Warnung, wenn du zu spät zu bereuen beginnst!«

(4) Tunc illa precibus et dum se morituram comminatur extorquet a marito, cupitis adnuat, ut sorores videat, luctus mulceat, ora conferat. (5) sic ille novae nuptae precibus veniam tribuit et insuper, quibuscumque vellet eas auri vel monilium donare, concessit, (6) sed identidem monuit ac saepe terruit, ne quando sororum pernicioso consilio suasa de forma mariti quaerat neve se sacrilega curiositate de tanto fortunarum suggestu pessum deiciat nec suum postea contingat amplexum. (7) gratias egit marito iamque laetior animo »Sed prius«, inquit, »centies moriar, quam tuo isto dulcissimo conubio caream. amo enim et efflictim te, quicumque es, diligo aeque ut meum spiritum nec ipsi Cupidini comparo. (8) sed istud etiam meis precibus, oro, largire et illi tuo famulo Zephyro praecipe, simili vectura sorores hic mihi sistat.« (9) et imprimens oscula suasoria et ingerens verba mulcentia et inserens membra cohibentia haec etiam blanditiis astruit: »Mi mellite, mi marite, tuae Psychae dulcis anima.« (10) vi ac potestate Venerii susurrus invitus succubuit maritus et cuncta se facturum spopondit atque etiam luce proxumante de manibus uxoris evanuit.

7 (1) At illae sorores percontatae scopulum locumque illum, quo fuerat Psyche deserta, festinanter adveniunt ibique difflebant oculos et plangebant ubera, quoad crebris earum eiulatibus saxa cautesque parilem sonum

(4) Da ertrotzt sie bei ihrem Gatten mit Bitten und der Drohung, sie werde sterben, daß er ihrem Wunsch zustimmt, die Schwestern zu sehen, ihre Trauer zu lindern, mit ihnen zu sprechen. (5) So gab er den Bitten seiner frisch vermählten Gattin nach und gestattete ihr noch obendrein, sie mit so viel Gold und Geschmeide zu beschenken, wie sie wolle; (6) aber immer wieder mahnte und warnte er sie eindringlich, sie solle nie sich vom verderblichen Rat der Schwestern beschwatzen lassen und nach der Gestalt ihres Gatten forschen, solle sich nicht durch verruchte Neugier von solcher Höhe des Glücks ins Verderben stürzen, denn dann werde sie nimmermehr seine Umarmung genießen dürfen. (7) Sie dankte ihrem Gatten, und, schon fröhlicher gestimmt, sagte sie: »Nein, eher will ich hundertmal sterben, als auf deine allerliebste Umarmung verzichten. Ich hab dich nämlich gern und liebe dich, wer immer du seist, zum Sterben heftig wie mein eigenes Leben, und selbst Cupido stelle ich dir nicht gleich. (8) Aber diesen einen Wunsch erfülle mir bitte noch: befiehl deinem Diener, dem Zephyr, meine Schwestern in gleicher Fahrt wie mich hierher zu mir zu bringen!« (9) Und sie bedeckt ihn mit verführerischen Küssen, flüstert ihm schmeichelnde Worte zu, schlingt eng ihren Körper um den seinen und fügt ihren Liebkosungen noch die Worte bei: »Mein Liebster, mein Gatte, deiner Psyche süßes Leben!« (10) Durch die Gewalt und Macht des Liebesgeflüsters unterlag wider seinen Willen der Gatte, gelobte, er werde alles tun, und entschwand, da der Tag schon nahte, aus den Armen seiner Gattin.

7 (1) Doch jene Schwestern haben den Gipfel und jene Stelle erkundet, wo man Psyche verlassen hatte, und kommen eilends herbei, um dort ihre Augen auszuweinen und ihre Brüste zu schlagen, bis die felsigen Bergklippen einen ihrem Heulen und Klagen ähn-

resultarent. (2) iamque nomine proprio sororem miseram ciebant, quoad sono penetrabili vocis ululabilis per prona delapso amens et trepida Psyche procurrit e domo et »Quid«, inquit, »vos miseris lamentationibus necquicquam effligitis? quam lugetis, adsum. (3) lugubres voces desinite et diutinis lacrimis madentes genas siccate tandem, quippe cum iam possitis quam plangebatis amplecti.«

(4) Tunc vocatum Zephyrum praecepti maritalis admonet. nec mora, cum ille parens imperio statim clementissimis flatibus innoxia vectura deportat illas. (5) iam mutuis amplexibus et festinantibus saviis sese perfruuntur et illae sedatae lacrimae postliminio redeunt prolectante gaudio. (6) »Sed et tectum«, inquit, »et larem nostrum laetae succedite et afflictas animas cum Psyche vestra recreate.«

8 (1) Sic allocuta summas opes domus aureae vocumque servientium populosam familiam demonstrat auribus earum lavacroque pulcherrimo et inhumanae mensae lautitiis eas opipare reficit, (2) ut illarum prorsus caelestium divitiarum copiis affluentibus satiatae iam praecordiis penitus nutrirent invidiam. (3) denique altera earum satis scrupulose curioseque percontari non desinit, quis illarum caelestium rerum dominus, quisve vel qualis ipsius sit maritus. (4) nec tamen Psyche coniugale illud praeceptum ullo pacto temerat vel pectoris arcanis exigit, sed e re nata confingit esse iuvenem quendam et speciosum, commodum lanoso barbitio genas inumbrantem, plerumque rurestribus ac

lichen Ton widerhallen ließen. (2) Und schon riefen sie ihre arme Schwester bei ihrem Namen, bis der durchdringende Ton ihres Klagegeheuls über den Abhang hinabfuhr und Psyche verstört und zitternd aus dem Hause stürmte und rief: »Was quält ihr euch mit kläglichem Jammern so grundlos zu Tode? Um die ihr trauert, hier bin ich! (3) Hört auf mit eurem Wehgeschrei und trocknet endlich eure vom ewigen Weinen nassen Wangen, zumal ihr jetzt die, welche ihr beklagtet, umarmen könnt!«
(4) Dann ruft sie den Zephyr und erinnert ihn an das Gebot ihres Gatten. Unverzüglich gehorcht er dem Befehl und trägt sogleich mit sanftestem Blasen in sicherer Fahrt die beiden hinab. (5) Nun laben sie sich an gegenseitigen Umarmungen und stürmischen Küssen, und jene eben beschwichtigten Tränen brechen, von der Freude entlockt, von neuem hervor. (6) »Aber kommt doch vergnügt in unser Haus und Heim«, sagt sie, »und erquickt euer abgehärmtes Herz bei eurer Psyche!«
8 (1) So redet sie ihnen zu und zeigt ihnen die ungeheuren Reichtümer des goldenen Palastes, weist ihre Ohren auf das zahlreiche Gesinde dienender Stimmen hin und erquickt sie dann verschwenderisch mit dem allerköstlichsten Bad und mit den Leckerbissen einer übermenschlichen Tafel, (2) so daß sie, von der überströmenden Fülle dieses geradezu himmlischen Reichtums gesättigt, tief drinnen in ihren Herzen schon den Neid nähren. (3) Schließlich läßt die eine von ihnen nicht ab, ziemlich eingehend und neugierig danach zu forschen, wer Herr dieses himmlischen Reichtums und wer und welcher Art ihr Gatte sei. (4) Aber Psyche verletzt auf keine Weise jenes Gebot ihres Gatten und vertreibt es nicht aus den geheimen Falten ihres Herzens, sondern aus dem Stegreif erdichtet sie, er sei ein junger und schöner Mann, dem eben erst der Bart-

montanis venatibus occupatum et, (5) ne qua sermonis procedentis labe consilium tacitum proderetur, auro facto gemmosisque monilibus onustas eas statim vocato Zephyro tradit reportandas.

9 (1) Quo protinus perpetrato sorores egregiae domum redeuntes iamque gliscentis invidiae felle fraglantes multa secum sermonibus mutuis perstrepebant. sic denique infit altera:

(2) »En orba et saeva et iniqua Fortuna. hocine tibi complacuit, ut utroque parente prognatae diversam sortem sustineremus? (3) et nos quidem, quae natu maiores sumus, maritis advenis ancillae deditae, extorres et lare et ipsa patria degamus longe parentum velut exulantes, (4) haec autem novissima, quam fetu satiante postremus partus effudit, tantis opibus et deo marito potita sit, quae nec uti recte tanta bonorum copia novit? (5) vidisti, soror, quanta in domo iacent et qualia monilia, quae praenitent vestes, quae splendicant gemmae, quantum praeterea passim calcatur aurum. (6) quodsi maritum etiam tam formonsum tenet, ut affirmat, nulla nunc in orbe toto felicior vivit. fortassis tamen procedente consuetudine et adfectione roborata deam quoque illam deus maritus efficiet. sic est hercules, sic se gerebat ferebatque. (7) iam iam sursum respicit et deam spirat mulier,

flaum die Wangen beschatte und der meist auf den Fluren und im Gebirge auf der Jagd sei; (5) um ihre verschwiegenen Gedanken nicht durch ein unüberlegtes Wort im Fortlauf des Gesprächs zu verraten, belädt sie die beiden mit Goldarbeiten und edelsteinbesetztem Schmuck, ruft sogleich den Zephyr und übergibt sie ihm zum Heimtragen.

9 (1) So geschah es sofort. Auf dem Heimweg, schon glühend von dem überhandnehmenden galligen Neid, hechelten die vortrefflichen Schwestern im Wechselgespräch vielerlei Dinge laut durch. So beginnt schließlich die eine:

(2) »Wie bist du doch blind, grausam und ungerecht, Fortuna! Du hast es für richtig befunden, daß wir als Kinder gleicher Eltern ein gänzlich verschiedenes Geschick ertragen müssen. (3) Wir, die wir doch älter sind, sollen, hergelaufenen Ehemännern als Mägde ausgeliefert, von Heim und sogar Vaterland ausgeschlossen, fern von den Eltern wie Verbannte unser Leben fristen, (4) diese aber, die Jüngste, die der Schoß voll Überdruß als letzten Sproß noch ausgestoßen hat, soll solchen Reichtum und einen Gott zum Gatten bekommen haben, sie, die mit solcher Fülle von Gütern nicht einmal etwas Rechtes anzufangen weiß? (5) Du hast es doch gesehen, Schwester: wie zahlreich und wie prächtig liegen die Kleinodien im Palast, was für Gewänder prangen, was für Edelsteine funkeln da, und außerdem, auf wieviel Gold tritt man überall! (6) Wenn sie nun auch einen so schönen Gatten besitzt, wie sie behauptet, dann lebt zur Zeit keine glücklichere Frau auf der ganzen Erde. Doch vielleicht wird der göttliche Gemahl bei fortdauerndem Umgang und verstärkter Zuneigung sie sogar zur Göttin machen. So ist's, bei Gott, so benahm sie sich, so gab sie sich. (7) Jetzt schon trägt sie die Nase hoch, und alles an dem Weibsbild atmet schon die Göttin, hat

quae voces ancillas habet et ventis ipsis imperitat. (8) at ego misera primum patre meo seniorem maritum sortita sum, dein cucurbita calviorem et quovis puero pusilliorem, cunctam domum seris et catenis obditam custodientem.«

10 (1) Suscipit alia: »Ego vero maritum articulari etiam morbo complicatum curvatumque ac per hoc rarissimo venerem meam recolentem sustineo, (2) plerumque detortos et duratos in lapidem digitos eius perfricans, fomentis olidis et pannis sordidis et faetidis cataplasmatibus manus tam delicatas istas adurens nec uxoris officiosam faciem, sed medicae laboriosam personam sustinens. (3) et tu quidem, soror, videris, quam patienti vel potius servili – dicam enim libere quod sentio – haec perferas animo; enimvero ego nequeo sustinere ulterius tam beatam fortunam allapsam indignae. (4) recordare enim, quam superbe, quam adroganter nobiscum egerit et ipsa iactatione inmodicae ostentationis tumentem suum prodiderit animum (5) deque tantis divitiis exigua nobis invita proiecerit confestimque praesentiam nostram gravata propelli et efflari exsibilarique nos iusserit. (6) nec sum mulier nec omnino spiro, nisi eam pessum de tantis opibus deiecero. ac si tibi etiam, ut par est, inacuit nostra contumelia, consilium validum requiramus ambae. (7) iamque ista, quae ferimus, non parentibus nostris ac nec ulli monstremus alii, immo nec omnino quicquam de eius salute norimus. (8) sat est, quod ipsae

sie doch Stimmen zu Mägden und gebietet selbst den Winden. (8) Aber ich Unglückliche habe erstens einen Mann erwischt, der älter als mein Vater ist, zweitens kahler als ein Kürbis und schmächtiger als jedes Knäblein und der das ganze Haus mit Riegeln und Ketten verschließt und absichert.«

10 (1) Da erwidert die andere: »Ich aber muß einen Gatten ertragen, der sogar von der Gicht geschlagen und verkrümmt ist und deshalb nur ganz selten meine Liebe erwidert. (2) Die meiste Zeit muß ich seine verbogenen und zu Stein versteiften Finger einreiben, verätze mir dabei mit stinkenden Umschlägen, schmutzigen Lappen und garstigen Pflastern meine[14] so zarten Hände und sehe nicht wie eine treubesorgte Gattin aus, sondern nehme die beschwerliche Rolle einer Ärztin auf mich. (3) Was dich angeht, Schwester, so magst du zusehen, mit welch geduldiger oder vielmehr knechtischer Gesinnung – ich will nämlich freiheraus sagen, was ich denke – du dies aushalten kannst; ich jedoch kann nicht länger ertragen, daß ein so reiches Glück einer Unwürdigen zugefallen ist. (4) Erinnere dich doch, wie hochnäsig, wie anmaßend sie mit uns umgesprungen ist, wie sie gerade durch ihre maßlos protzende Prahlerei ihre Aufgeblasenheit verriet, (5) uns dann von ihrem riesigen Reichtum ein paar Brocken widerwillig hinwarf und uns stracks, da sie unserer Gegenwart überdrüssig wurde, wegtreiben, fortblasen und hinauspfeifen ließ! (6) Ich will kein Weib sein, will überhaupt nicht mehr leben, wenn ich sie nicht von solchem Gipfel des Reichtums zu Boden stürze! Und wenn auch dich, wie es billig ist, unsere Schmach schmerzt, dann wollen wir beide nach einem wirkungsvollen Plan suchen! (7) Gleich dieses Zeug da, das wir heimtragen, wollen wir weder unseren Eltern noch sonst einem anderen zeigen, ja wir wollen überhaupt nichts von ihrem Befinden wissen! (8) Es

vidimus quae vidisse paenitet, nedum ut genitoribus et omnibus populis tam beatum eius differamus praeconium. nec sunt enim beati, quorum divitias nemo novit. sciet se non ancillas, sed sorores habere maiores. (9) et nunc quidem concedamus ad maritos et lares pauperes nostros, sed plane sobrios revisamus diuque cogitationibus pressioribus instructae ad superbiam poeniendam firmiores redeamus.«

11 (1) Placet pro bono duabus malis malum consilium totisque illis tam pretiosis muneribus absconditis comam trahentes et, proinde ut merebantur, ora lacerantes simulatos redintegrant fletus. (2) ac sic parentes quoque redulcerato prorsum dolore raptim deterrentes vesania turgidae domus suas contendunt dolum scelestum, immo vero parricidium struentes contra sororem insontem.

(3) Interea Psychen maritus ille, quem nescit, rursum suis illis nocturnis sermonibus sic commonet: »Videsne, quantum tibi periculum? velitatur Fortuna eminus ac, nisi longe firmiter praecaves, mox comminus congredietur. (4) perfidae lupulae magnis conatibus nefarias insidias tibi comparant, quarum summa est, ut te suadeant meos explorare vultus, quos, ut tibi saepe praedixi, non videbis, si videris. (5) ergo igitur, si posthac pessimae illae Lamiae noxiis animis armatae venerint – venient autem, scio –, neque omnino sermonem conferas et, si id tolerare pro genuina simplicitate proque

genügt, daß wir selber gesehen haben, was gesehen zu haben uns Kummer bereitet; es fehlte noch, daß wir den Eltern und allen Leuten ihr großes Glück ausposaunen! Die sind nämlich nicht glücklich, deren Reichtum niemand kennt. Sie wird erfahren, daß sie nicht Mägde, sondern ältere Schwestern an uns hat. (9) Und nun wollen wir zu unseren Gatten gehen und unser ärmliches, doch durch und durch ehrbares Heim aufsuchen und nach langem und gründlichem Nachdenken frisch gestärkt zur Bestrafung ihres Hochmutes wiederkommen!«

11 (1) So fassen die beiden Bösen anstelle eines guten einen bösen Entschluß, verstecken all die kostbaren Geschenke, zerzausen ihre Haare, zerkratzen, geradeso, wie sie es verdienten, ihr Antlitz und nehmen ihr erheucheltes Wehklagen wieder auf. (2) Und so erschrecken sie auch eilends ihre Eltern, denen sie die Wunde ihres Schmerzes wieder tief aufreißen, hasten platzend vor Wut jede nach Hause, wo sie verbrecherische Ränke, nein sogar Mord gegen ihre unschuldige Schwester aushecken.

(3) Mittlerweile warnt der unbekannte Gatte Psyche wiederum in seinem gewohnten nächtlichen Gespräch: »Siehst du, welch große Gefahr dir droht? Fortuna plänkelt von ferne, und wenn du dich nicht schon von weitem entschlossen in acht nimmst, wird sie bald im Nahkampf auf dich losgehen. (4) Die verschlagenen Hexen stellen dir unter großer Anstrengung eine furchtbare Falle, deren Gipfel darin besteht, dich zu überreden, meine Gesichtszüge auszuforschen, die du, wie ich dir oft eingeschärft habe, nicht mehr sehen wirst, wenn du sie einmal gesehen hast. (5) Wenn also nun künftig jene verworfenen Unholdinnen[15] mit den Waffen ihrer feindlichen Absichten kommen – sie werden aber kommen, ich weiß es –, dann wechsle mit ihnen überhaupt kein Wort, und wenn du dies bei

animi tui teneritudine non potueris, certe de marito nil quicquam vel audias vel respondeas. (6) nam et familiam nostram iam propagabimus et hic adhuc infantilis uterus gestat nobis infantem alium, si texeris nostra secreta silentio, divinum, si profanaveris, mortalem.«

12 (1) Nuntio Psyche laeta florebat et divinae subolis solacio plaudebat et futuri pignoris gloria gestiebat et materni nominis dignitate gaudebat. (2) crescentes dies et menses exeuntes anxia numerat et sarcinae nesciae rudimento miratur de brevi punctulo tantum incrementulum locupletis uteri.

(3) Sed iam pestes illae taeterrimaeque Furiae anhelantes vipereum virus et festinantes impia celeritate navigabant. tunc sic iterum momentarius maritus suam Psychen admonet: (4) »⟨En⟩ dies ultima et casus extremus [et]. sexus infestus et sanguis inimicus iam sumpsit arma et castra commovit et aciem direxit et classicum personavit. iam mucrone destricto iugulum tuum nefariae tuae sorores petunt. (5) heu quantis urguemur cladibus, Psyche dulcissima. tui nostrique miserere religiosaque continentia domum maritum teque et istum parvulum nostrum imminentis ruinae infortunio libera. (6) nec illas scelestas feminas, quas tibi post internecivum odium et calcata sanguinis foedera sorores appellare non licet, vel videas vel audias,

deiner angeborenen Arglosigkeit und der Zartheit deines Herzens nicht über dich bringst, so sollst du dir wenigstens über deinen Gatten nicht das geringste anhören oder antworten. (6) Denn auch unsere Familie werden wir bald vergrößern, und dein bisher noch kindlicher Schoß trägt ein anderes Kind für uns – wenn du unser Geheimnis mit Schweigen bedeckst, ein göttliches, wenn du es entweihst, ein sterbliches!«

12 (1) Diese Nachricht stimmte Psyche glücklich und froh; sie klatschte in die Hände beim trostreichen Gedanken an den göttlichen Sproß, freute sich ausgelassen an der Ehre, die ihr durch das künftige Liebespfand zuteil werden sollte und genoß die Würde des Mutternamens. (2) Ängstlich zählt sie die sich häufenden Tage und verfließenden Monate, und da ihr solch unbekannte Bürde unvertraut ist, wundert sie sich über das von einem kleinen Stichlein herrührende starke Wachstum ihres reichgesegneten Leibes.

(3) Aber schon waren jene Scheusale und gar garstigen Furien[16], Schlangengift aushauchend, in ruchloser Eile zu Schiff unterwegs. Da ermahnt der Gatte, ein flüchtiger Gast, seine Psyche wiederum: (4) »Sieh, der letzte Tag und die äußerste Gefahr ist da! Das bedrohliche Geschlecht, das verfeindete Blut, hat schon die Waffen ergriffen, das Lager abgebrochen, die Front formiert und das Trompetensignal geblasen. Schon trachten deine teuflischen Schwestern mit gezücktem Dolch nach deiner Kehle. (5) Ach, welches Unheil bedrängt uns, liebste Psyche! Hab Erbarmen mit dir und mit uns, rette mit gewissenhafter Selbstbeherrschung das Haus, den Gatten, dich und unser Kleines da in deinem Leib vor dem Unglück drohenden Untergangs! (6) Jene Verbrecherinnen, die du nach ihrem tödlichen Haß und der völligen Mißachtung der Blutsbande nicht mehr Schwestern nennen darfst, sollst du weder sehen noch hören, wenn sie

cum in morem Sirenum scopulo prominentes funestis vocibus saxa personabunt.«

13 (1) Suscipit Psyche singultu lacrimoso sermonem incertans: »Iam dudum, quod sciam, fidei atque parciloquio meo perpendisti documenta nec eo setius adprobabitur tibi nunc etiam firmitas animi mei. (2) tu modo Zephyro nostro rursum praecipe, fungatur obsequio, et in vicem denegatae sacrosanctae imaginis tuae redde saltem conspectum sororum. (3) per istos cinnameos et undique pendulos crines tuos, per teneras et teretis et mei similes genas, per pectus nescio quo calore fervidum, sic in hoc saltem parvulo cognoscam faciem tuam: (4) supplicis anxiae piis precibus erogatus germani complexus indulge fructum et tibi devotae dicataeque Psychae animam gaudio recrea. (5) nec quicquam amplius in tuo vultu requiro, iam nil officiunt mihi nec ipsae nocturnae tenebrae: teneo te, meum lumen.« (6) his verbis et amplexibus mollibus decantatus maritus lacrimasque eius suis crinibus detergens facturum spopondit et praevertit statim lumen nascentis diei.

14 (1) Iugum sororium consponsae factionis ne parentibus quidem visis recta de navibus scopulum petunt illum praecipiti cum velocitate nec venti ferentis oppertae praesentiam licentiosa cum temeritate prosiliunt in altum. (2) nec immemor Zephyrus regalis edicti, quamvis invitus, susceptas eas gremio spirantis aurae

nach Art der Sirenen[17] auf der Felskuppe ragend erscheinen und mit unheilvollen Rufen die Felsen durchtönen!«

13 (1) Da erwidert Psyche mit einer von Schluchzen und Tränen entstellten Stimme: »Schon längst hast du, soweit ich weiß, meine Zuverlässigkeit und Verschwiegenheit bewährt gefunden, und trotzdem will ich dir auch jetzt die Festigkeit meines Herzens beweisen. (2) Du gebiete nur wiederum unserem Zephyr, er solle seiner Pflicht nachkommen, und anstelle deines mir versagten hochheiligen Bildes laß mich wenigstens die Schwestern sehen! (3) Bei diesen deinen nach Zimt duftenden, nach allen Seiten hin fallenden Locken, bei deinen zarten, runden und meinen ähnlichen Wangen, bei deiner von ich weiß nicht welcher Glut feurig beseelten Brust, beim Wunsche, dein Antlitz wenigstens in unserem Kleinen kennenzulernen: (4) laß dich durch die gerechten Bitten einer ängstlich Flehenden erweichen, gönne mir die Wonne schwesterlicher Umarmung und erquicke durch diese Freude deine dir mit Herz und Seele treu ergebene Psyche! (5) Ich forsche nicht weiter nach deinen Zügen, selbst das Dunkel der Nacht kann mir nichts mehr anhaben: hab ich doch dich, meine Sonne!« (6) Durch diese Worte und sanften Umarmungen ließ sich der Gatte betören, wischte ihre Tränen mit seinen Haaren ab, gelobte, ihren Willen zu erfüllen, und schied sogleich vor dem Licht des anbrechenden Tages.

14 (1) Das zu einer Verschwörung verbündete Geschwisterpaar strebt in überstürzter Eile, ohne auch nur die Eltern zu besuchen, geradewegs von den Schiffen zu jenem Gipfel und springt, ohne die Anwesenheit des Geleitwindes abzuwarten, in mutwilliger Verwegenheit in die Tiefe. (2) Zephyr hatte den königlichen Erlaß nicht vergessen: er fing die beiden, wenn auch nur ungern, im Schoße der wehenden Luft auf

solo reddidit. (3) at illae incunctatae statim conferto vestigio domum penetrant complexaeque praedam suam sorores nomine mentientes thensaurumque penitus abditae fraudis vultu laeto tegentes sic adulant: (4) »Psyche, non ita ut pridem parvula, et ipsa iam mater es. quantum, putas, boni nobis in ista geris perula, quantis gaudiis totam domum nostram hilarabis. (5) o nos beatas, quas infantis aurei nutrimenta laetabunt. qui si parentum, ut oportet, pulchritudini responderit, prorsus Cupido nascetur.«

15 (1) Sic adfectione simulata paulatim sororis invadunt animum. statimque eas lassitudinem viae sedilibus refotas et balnearum vaporosis fontibus curatas pulcherrime triclinio mirisque illis et beatis edulibus atque tuccetis oblectat. (2) iubet citharam loqui: psallitur; tibias agere: sonatur; choros canere: cantatur. quae cuncta nullo praesente dulcissimis modulis animos audientium remulcebant.

(3) Nec tamen scelestarum feminarum nequitia vel illa mellita cantus dulcedine mollita conquievit, sed ad destinatam fraudium pedicam sermonem conferentes dissimulanter occipiunt sciscitari, qualis ei maritus et unde natalium, secta cuia proveniret. (4) tunc illa simplicitate nimia pristini sermonis oblita novum commentum instruit aitque maritum suum de provincia proxima magnis pecuniis negotiantem iam medium

und setzte sie wieder auf den Boden. (3) Sie aber dringen ohne Zaudern sogleich mit entschlossenen Schritten ins Haus, umarmen ihre Beute, nehmen dabei trügerisch den Schwesternamen an, verdecken mit froher Miene die tief in ihren Herzen verborgene Tücke und schmeicheln ihr mit folgenden Worten:
(4) »Psyche, nicht so wie früher bist du unsere Kleine, nein, du bist nun selber schon Mutter! Wieviel Segen, meinst du wohl, trägst du da für uns in deinem Ränzlein, mit welcher Freude wirst du unser ganzes Haus beglücken! (5) Oh, sind wir glücklich, da uns die Pflege des Goldkindes ergötzen wird! Wenn es, wie nicht anders zu erwarten, der Schönheit seiner Eltern gleichkommt, dann wird ein richtiger Cupido auf die Welt kommen.«
15 (1) So dringen sie mit erheuchelter Zuneigung allmählich ins Herz ihrer Schwester ein. Sogleich bietet sie ihnen Sessel an, sich von den Strapazen der Reise zu erholen, erquickt sie mit Dampfwasserbädern und erfreut sie dann im Speisesaal aufs vortrefflichste mit jenen wunderbar beglückenden Speisen und Rouladen. (2) Sie befiehlt, die Zither zu spielen: sie erklingt; die Flöte zu blasen: sie ertönt; daß Chöre singen: man singt. All dies entzückte, ohne daß ein Musikant zugegen war, mit den süßesten Melodien die Herzen der Zuhörer.
(3) Doch die Bosheit der Verbrecherinnen wurde selbst durch den süßen Liebreiz der Musik nicht gemildert und besänftigt, sondern sie bringen das Gespräch auf die beabsichtigte trügerische Fußangel und beginnen unvermerkt nach Art, Herkunft und Lebenskreis ihres Gatten zu forschen. (4) Da vergißt sie in ihrer allzu großen Einfalt ihre früheren Worte, dichtet ein neues Lügenmärchen und sagt, ihr Mann stamme aus der nächsten Provinz, sei ein reicher Händler, stehe schon in mittleren Jahren, und hier und da zeige

cursum aetatis agere interspersum rara canitie. (5) nec in sermone isto tantillum morata rursum opiparis muneribus eas onustas ventoso vehiculo reddidit.

16 (1) Sed dum Zephyri tranquillo spiritu sublimatae domum redeunt, sic secum altercantes: »Quid, soror, dicimus de tam monstruoso fatuae illius mendacio? (2) tunc adolescens modo florenti lanugine barbam instruens, nunc aetate media candenti canitie lucidus. quis ille, quem temporis modici spatium repentina senecta reformavit? (3) nil aliud repperies, mi soror, quam vel mendacia istam pessimam feminam confingere vel formam mariti sui nescire. quorum utrum verum est, opibus istis quam primum exterminanda est. (4) quodsi viri sui faciem ignorat, deo profecto denupsit et deum nobis praegnatione ista gerit. certe si divini puelli – quod absit – haec mater audierit, statim me laqueo nexili suspendam. (5) ergo interim ad parentes nostros redeamus et exordio sermonis huius quam concolores fallacias adtexamus.«

17 (1) Sic inflammatae parentibus fastidienter appellatis et nocte turbata vigiliis perditae matutino scopulum pervolant et inde solito venti praesidio vehementer devolant lacrimisque pressura palpebrarum coactis hoc astu puellam appellant: (2) »Tu quidem felix et ipsa tanti mali ignorantia beata sedes incuriosa peri-

sich bei ihm schon ein graues Haar. (5) Doch bei diesem Punkt verweilte sie gar nicht sehr lange, belud sie wieder mit herrlichen Geschenken und übergab sie dem Windgefährt.

16 (1) Aber während sie nun von Zephyrs ruhigem Wehen emporgehoben heimkehren, hadern sie so miteinander: »Was, Schwester, sagen wir zu der ungeheuerlichen Lüge dieser Närrin? (2) Jüngst noch ein Jüngling, den eben erst ein blühender Flaumbart ziert; jetzt steht er in mittleren Jahren und schimmert im Glanz seiner weißen Haare! Wer mag jener sein, den eine kurze Zeitspanne plötzlich vergreist hat? (3) Nichts anderes wirst du herausfinden, liebe Schwester, als daß dieses elende Weibsstück entweder Lügen zusammendichtet oder die Gestalt ihres Gatten nicht kennt. Was von beidem auch stimmt, sie muß von diesen Schätzen sobald als möglich verjagt werden! (4) Wenn sie nun das Antlitz ihres Mannes nicht kennt, dann hat sie wirklich einen Gott geheiratet und trägt uns einen Gott unter ihrem Herzen. Wahrhaftig, sollte diese – was Gott verhüte! – Mutter eines Götterknäbleins heißen, so will ich mir sogleich eine Schlinge knüpfen und mich aufhängen. (5) Inzwischen wollen wir also zu unseren Eltern zurückkehren und weitere Ränke schmieden, die zum angefangenen Thema möglichst passen!«

17 (1) So in Glut, begrüßen sie nur mit Widerwillen ihre Eltern und verbringen eine durch Schlaflosigkeit gestörte Nacht; frühmorgens jagen die verworfenen Weiber auf den Felsgipfel, fliegen von da im gewohnten Geleit des Windes stürmisch hinab und reden unter Tränen, die sie sich durch Pressen der Augenlider gewaltsam entlocken, die junge Frau mit folgender Arglist an: (2) »Ja du, du sitzest glücklich, und gerade weil du das Entsetzliche nicht ahnst, selig da, unbekümmert um die Gefahr, die dir droht, wir aber, die

culi tui, nos autem, quae pervigili cura rebus tuis excubamus, cladibus tuis misere cruciamur. (3) pro vero namque comperimus nec te, sociae scilicet doloris casusque tui, celare possumus immanem colubrum multinodis voluminibus serpentem, veneno noxio colla sanguinantem hiantemque ingluvie profunda tecum noctibus latenter adquiescere. (4) nunc recordare sortis Pythicae, quae te trucis bestiae nuptiis destinatam esse clamavit. et multi coloni quique circumsecus venantur et accolae plurimi viderunt eum vespera redeuntem e pastu proximique fluminis vadis innatantem.

18 (1) Nec diu blandis alimoniarum obsequiis te saginaturum omnes adfirmant, sed cum primum praegnationem tuam plenus maturaverit uterus, opimiore fructu praeditam devoraturum. (2) ad haec iam tua est existimatio, utrum sororibus pro tua cara salute sollicitis adsentiri velis et declinata morte nobiscum secura periculi vivere an saevissimae bestiae sepeliri visceribus. (3) quodsi te ruris huius vocalis solitudo vel clandestinae veneris faetidi periculosique concubitus et venenati serpentis amplexus delectant, certe piae sorores nostrum fecerimus.«

(4) Tunc Psyche misella, utpote simplex et animi tenella, rapitur verborum tam tristium formidine. extra terminum mentis suae posita prorsus omnium mariti monitionum suarumque promissionum memoriam ef-

wir in immer wachsamer Sorge um dein Heil auf Posten stehen, härmen uns wegen deines Unglücks fürchterlich ab. (3) Wir haben nämlich für wahr herausgefunden und können es dir, da wir dich doch in deinem Schmerz und deiner Not begleiten, nicht verheimlichen: ein ungeheurer Drache, der in vielverschlungenen Windungen dahinkriecht, mit giftigem Geifer seinen Hals blutig bespritzt und klaffend seinen weiten Rachen aufreißt – er ruht nachts heimlich an deiner Seite! (4) Nun erinnere dich an das Pythische[18] Orakel, das laut verkündete, du seiest zur Hochzeit mit einem gräßlichen Untier bestimmt. Viele Bauern und Jäger aus der Umgebung und die meisten Bewohner aus der Nachbarschaft haben es gesehen, wie es abends vom Fressen heimkehrte und in den Untiefen des nächsten Flusses schwamm.

18 (1) Und nicht mehr lange wird er dich dienstbeflissen mit verführerischen Speisen mästen, so versichern alle, sondern sobald dein voller Schoß die Schwangerschaft ausgetragen hat, wird er dich, weil du dann eine fettere Frucht trägst, auffressen. (2) Es bleibt nun dir überlassen, ob du deinen Schwestern, die um dein teures Leben besorgt sind, beistimmen, dem Tod entrinnen und sicher vor Gefahr mit uns leben oder in den Eingeweiden des entsetzlichsten Untiers begraben werden willst. (3) Wenn dich jedoch die tönende Einsamkeit dieser ländlichen Gegend, das gräßliche und gefährliche Beieinanderliegen in heimlicher Liebe und die Umarmungen eines giftigen Drachen beglücken, so haben wir als pflichtbewußte Schwestern jedenfalls das Unsrige getan!«

(4) Da wird die arme Psyche – sie ist ja so arglos und zartfühlend – von Entsetzen über diese so niederschmetternden Worte gepackt. Verrückt und außer sich ließ sie die Erinnerung an alle Warnungen ihres Gatten und an ihre Versprechen gänzlich fahren

fudit (5) et in profundum calamitatis sese praecipitavit tremensque et exsangui colore lurida tertiata verba semihianti voce substrepens sic ad illas ait:

19 (1) »Vos quidem, carissimae sorores, ut par erat, in officio vestrae pietatis permanetis, verum et illi, qui talia vobis adfirmant, non videntur mihi mendacium fingere. (2) nec enim umquam viri mei vidi faciem vel omnino cuiatis sit novi, sed tantum nocturnis subaudiens vocibus maritum incerti status et prorsus lucifugam tolero bestiamque aliquam recte dicentibus vobis merito consentio. (3) meque magnopere semper a suis terret aspectibus malumque grande de vultus curiositate praeminatur. (4) nunc si quam salutarem opem periclitanti sorori vestrae potestis adferre, iam nunc subsistite. ceterum incuria sequens prioris providentiae beneficia conrumpet.«

(5) Tunc nanctae iam portis patentibus nudatum sororis animum facinorosae mulieres, omissis tectae machinae latibulis, destrictis gladiis fraudium simplicis puellae paventes cogitationes invadunt.

20 (1) Sic denique altera: »Quoniam nos originis nexus pro tua incolumitate ⟨ne⟩ periculum quidem ullum ante oculos habere compellit, viam, quae sola deducit iter ad salutem, diu diuque cogitatam monstrabimus tibi. (2) novaculam praeacutam, adpulsu etiam palmulae lenientis exasperatam, tori qua parte cubare consuesti, latenter absconde lucernamque concinnem completam oleo, claro lumine praemicantem

(5) und stürzte sich kopfüber ins tiefste Unglück; zitternd, blutleer und aschfahl flüstert sie zu ihnen aus halbgeöffnetem Munde die stammelnden Worte:

19 (1) »Ihr, liebste Schwestern, ihr verharrt, wie es sich schickte, pflichtbewußt in eurer Liebe, aber auch jene, die euch solches versichern, scheinen mir nicht Lügengeschichten zu erfinden. (2) Ich habe nämlich noch nie das Antlitz meines Mannes gesehen und weiß überhaupt nicht, was für ein Landsmann er ist, sondern lausche nur seinen nächtlichen Worten und dulde einen ungewiß gestalteten und völlig lichtscheuen Gatten; und wenn ihr ihn mit gutem Grund ein Ungeheuer nennt, muß ich euch mit Fug und Recht beistimmen. (3) Mich schreckt er immer sehr ab, ihn anzusehen, und droht mir bei Neugier nach seinen Zügen großes Unheil an. (4) Wenn ihr nun eurer gefährdeten Schwester irgendwie rettende Hilfe bringen könnt, so steht mir gleich jetzt bei! Sonst wird Gleichgültigkeit nachher die Vorteile früherer Vorsicht zuschanden machen.«

(5) Als die Schandweiber es endlich zuwege gebracht haben, daß die Tore offenstehen und die Seele ihrer Schwester entblößt vor ihnen liegt, geben sie die Schlupfwinkel ihrer verborgenen Ränke auf und dringen mit den gezückten Schwertern der Tücke in die ängstlichen Gedanken des arglosen Mädchens ein.

20 (1) So sagt schließlich die eine: »Da uns ja das Band gemeinsamer Herkunft drängt, wo es um deine Unversehrtheit geht, auch den winzigsten Gedanken an Gefahr auszuräumen, werden wir dir den Weg zeigen, der allein zur Rettung führt und über den wir sehr lange nachgedacht haben. (2) Ein haarscharf geschliffenes Messer, welches du durch Wetzen auf der glättenden Handfläche noch geschärft hast, verbirg heimlich auf der Seite des Lagers, wo du gewöhnlich liegst, fülle dann mit Öl eine Lampe, die dazu geeig-

subde aliquo claudentis aululae tegmine omnique isto apparatu tenacissime dissimulato, (3) postquam sulcatum trahens gressum cubile solitum conscenderit iamque porrectus et exordio somni prementis implicitus altum soporem flare coeperit, (4) toro delapsa nudoque vestigio pensilem gradum paullulatim minuens caecae tenebrae custodia liberata lucerna praeclari tui facinoris opportunitatem de luminis consilio mutuare (5) et ancipiti telo illo audaciter, prius dextera sursum elata, nisu quam valido noxii serpentis nodum cervicis et capitis abscide. (6) nec nostrum tibi deerit subsidium; sed cum primum illius morte salutem tibi feceris, anxie praestola⟨tae advola⟩bimus cunctisque istis ocius tecum relatis votivis nuptiis hominem te iungemus homini.«

21 (1) Tali verborum incendio flammata viscera sororis iam prorsus ardentis deserentes ipsae protinus tanti mali confinium sibi etiam eximie metuentes (2) flatus alitis impulsu solito porrectae super scopulum ilico pernici se fuga proripiunt statimque conscensis navibus abeunt.

(3) At Psyche relicta sola – nisi quod infestis Furiis agitata sola non est – aestu pelagi simile maerendo fluctuat et quamvis statuto consilio et obstinato animo, iam tamen facinori manus admovens adhuc in-

net ist und sehr hell leuchtet, und verstecke sie unter irgendeinen sicher schließenden kleinen Topf; all deine Vorbereitungen verheimliche zäh und beharrlich! (3) Wenn er sich nun mit seinem pflügenden Gang hergeschleppt und das gewohnte Lager bestiegen hat, schon ausgestreckt daliegt und vom ersten schweren Schlaf umfangen mit tiefen Zügen zu schlummern angefangen hat, (4) so gleite von deinem Lager herunter, bleibe barfuß und schwebe mit trippelndem Schritt dahin, befreie die Lampe von ihrem finsteren Gefängnis und laß dir vom Licht den günstigsten Augenblick zu deiner vortrefflichen Tat raten: (5) hole zuerst mit deiner Rechten aus, faß dir ein Herz und schneide mit dem doppelt geschliffenen Messer mit aller Kraft dem verderblichen Drachen den Knoten zwischen Nacken und Kopf durch! (6) Unsere Unterstützung wird dir nicht ausbleiben, sondern, sobald du dich durch seine Tötung gerettet hast, werden wir ängstlich besorgt aus unserem Hinterhalt herbeieilen, mit dir zusammen all diese Dinge schleunigst heimschaffen und dich Menschenkind in einer Hochzeit, wie du sie wünschst, einem Menschen vermählen.«

21 (1) Dieses Feuer von Worten versengt die Schwester in tiefster Seele; und als es in ihr lichterloh brennt, verlassen sie sie sofort, da sie heftig befürchten, die Nähe solchen Unheils könne auch sie treffen. (2) Wie gewohnt, lassen sie sich vom geflügelten Hauch forttreiben und auf dem Felsen abladen, stehlen sich auf der Stelle in hurtiger Flucht davon, besteigen gleich die Schiffe und reisen ab.

(3) Aber Psyche bleibt verlassen zurück – nur daß eine von feindlichen Furien Gehetzte nicht allein ist! Den Meeresfluten gleich wogt in ihr die Beklemmung, und steht auch ihr Plan fest und ist ihr Herz unnachgiebig entschlossen, dennoch schwankt sie jetzt, da sie die Tat ausführen soll, noch unschlüssig und wird in

certa consilii titubat multisque calamitatis suae distrahitur affectibus. (4) festinat differt, audet trepidat, diffidit irascitur et, quod est ultimum, in eodem corpore odit bestiam, diligit maritum. vespera tamen iam noctem trahente praecipiti festinatione nefarii sceleris instruit apparatum.

(5) Nox aderat et maritus aderat priusque Veneris proeliis velitatus altum soporem descenderat.

22 (1) Tunc Psyche et corporis et animi alioquin infirma, fati tamen saevitia subministrante viribus roboratur et prolata lucerna et adrepta novacula sexum audacia mutatur.

(2) Sed cum primum luminis oblatione tori secreta claruerunt, videt omnium ferarum mitissimam dulcissimamque bestiam, ipsum illum Cupidinem formonsum deum formonse cubantem, cuius aspectu lucernae quoque lumen hilaratum increbruit et acuminis sacrilegi novacula paenitebat. (3) at vero Psyche tanto aspectu deterrita et impos animi, marcido pallore defecta tremensque desedit in imos poplites et ferrum quaerit abscondere, sed in suo pectore; (4) quod profecto fecisset, nisi ferrum timore tanti flagitii manibus temerariis delapsum evolasset. iamque lassa, salute defecta, dum saepius divini vultus intuetur pulchritudinem, recreatur animi. (5) videt capitis aurei genialem caesariem ambrosia temulentam, cervices lacteas genasque purpureas pererrantes crinium globos decoriter impeditos, alios antependulos, alios retropendulos,

ihrem Unglück von vielen Stimmungen hin- und hergerissen. (4) Sie beeilt sich und schiebt auf, sie ist mutig und zittert, mißtraut und zürnt, und, was das Ärgste ist, im gleichen Körper haßt sie das Untier und liebt sie den Gatten. Als aber der Abend schon die Nacht heraufführt, da trifft sie doch in überstürzter Hast die Vorbereitungen zum ruchlosen Verbrechen. (5) Die Nacht erschien, und der Gatte erschien, plänkelte zuerst im Liebeskampf und sank dann in tiefen Schlummer.

22 (1) Ist Psyche auch sonst schwach an Körper und Seele, wachsen ihr nun doch dank des Beistands des grausamen Schicksals neue Kräfte: sie holt die Lampe hervor, reißt das Messer an sich, und Kühnheit verwandelt ihr Geschlecht.

(2) Aber wie das hingehaltene Licht die Geheimnisse des Lagers erhellt, erblickt sie das sanfteste und liebste Ungeheuer unter allen wilden Tieren, ihn selbst, Cupido, den prächtigen Gott, prächtig daliegend, bei dessen Anblick auch das Licht der Lampe vor Vergnügen heller zu strahlen anfing und das Messer seine schändliche Schärfe bereute. (3) Aber Psyche, von solch einem Anblick gewaltig erschreckt und ihrer Sinne nicht mehr mächtig, sank völlig entkräftet, bleich und zitternd tief in die Knie und sucht das Eisen zu verbergen – aber in der eigenen Brust! (4) Das hätte sie auch wirklich getan, wäre das Eisen nicht aus Furcht vor solch einer Schandtat ihren verwegenen Händen entglitten und weggeflogen. Und während sie jetzt erschöpft und halb ohnmächtig immer von neuem die Schönheit des göttlichen Antlitzes betrachtet, erholt sie sich wieder. (5) Sie sieht des goldenen Hauptes entzückendes, von Ambrosia[19] duftendes Haar, sieht die über den milchweißen Nacken und die purpurnen Wangen sich ringelnden Lockenknäuel, zierlich verschlungen, die einen auf die Schul-

quorum splendore nimio fulgurante iam et ipsum lumen lucernae vacillabat. (6) per umeros volatilis dei pinnae roscidae micanti flore candicant et quamvis alis quiescentibus extimae plumulae tenellae ac delicatae tremule resultantes inquieta lasciviunt. (7) ceterum corpus glabellum atque luculentum et quale peperisse Venerem non paeniteret.

Ante lectuli pedes iacebat arcus et pharetra et sagittae, magni dei propitia tela.

23 (1) Quae dum insatiabili animo Psyche, satis et curiosa, rimatur atque pertrectat et mariti sui miratur arma, (2) depromit unam de pharetra sagittam et punctu pollicis extremam aciem periclitabunda trementis etiam nunc articuli nisu fortiore pupugit altius, ut per summam cutem roraverint parvulae sanguinis rosei guttae. (3) sic ignara Psyche sponte in Amoris incidit amorem. tunc magis magisque cupidine flagrans Cupidinis prona in eum efflictim inhians patulis ac petulantibus saviis festinanter ingestis de somni mensura metuebat. (4) sed dum bono tanto percita saucia mente fluctuat, lucerna illa – sive perfidia pessima sive invidia noxia sive quod tale corpus contingere et quasi basiare et ipsa gestiebat – evomuit de summa luminis sui stillam ferventis olei super umerum dei dexterum.

(5) Hem audax et temeraria lucerna et amoris vile

tern, die andern auf den Rücken fallend, deren gewaltig blitzender Glanz nun sogar das Licht der Lampe zum Flackern brachte. (6) An den Schultern des geflügelten Gottes schimmern die Federn wie tauglänzende Blumen, und obgleich die Flügel ruhen, hüpfen doch die äußersten zarten und feinen Federchen leicht zitternd und voll unruhiger Lust. (7) Der übrige Körper war glatt und glänzend und so, daß sich Venus nicht schämen mußte, ihn geboren zu haben.
Zu Füßen des Bettes lagen der Bogen, der Köcher und die Pfeile, die gnädigen Geschosse des großen Gottes.

23 (1) Während Psyche diese mit unersättlicher Lust und auch einiger Neugier durchsieht und betastet und die Waffen ihres Gatten bewundert, (2) holt sie einen Pfeil aus dem Köcher hervor, und als sie durch einen Stich in den Daumen die äußerste Spitze prüfen wollte, stach sie sich mit einem allzu kräftigen Druck der jetzt noch zitternden Hand zu tief, so daß kleine Tropfen rosigen Blutes über die Oberfläche der Haut hin perlten. (3) So verliebte sich Psyche, ohne es zu merken, von selbst in den Liebesgott. Da entbrannte sie immer mehr in Leidenschaft nach dem Gott der Leidenschaft, neigte sich voll gierigen Verlangens stürmisch über ihn, drückte ihm eilends lechzend-schmachtende Küsse auf und fürchtete nur, ihn aufzuwecken.
(4) Von solchem Glück benommen und krank vor Liebe, wußte sie nicht, was sie tun sollte; da ergoß die Lampe – sei es nun aus verwerflicher Treulosigkeit oder aus sträflichem Neid oder sei es auch, weil sie sich selber sehnte, einen solchen Körper zu berühren und gleichsam zu küssen – von ihrer leuchtenden Spitze einen Tropfen siedend heißen Öls über die rechte Schulter des Gottes.

(5) He du, du dreiste und vorwitzige Lampe, du verächtliche Dienerin der Liebe, ihn selbst, den Gott jeg-

ministerium, ipsum ignis totius deum aduris, cum te scilicet amator aliquis, ut diutius cupitis etiam nocte potiretur, primus invenerit.

(6) Sic inustus exiluit deus visaque detectae fidei colluvie prorsus ex osculis et manibus infelicissimae coniugis tacitus avolavit.

24 (1) At Psyche statim resurgentis eius crure dextero manibus ambabus adrepto sublimis evectionis adpendix miseranda et per nubilas plagas penduli comitatus extrema consequia tandem fessa delabitur solo.

(2) Nec deus amator humi iacentem deserens involavit proximam cupressum deque eius alto cacumine sic eam graviter commotus adfatur: (3) »Ego quidem, simplicissima Psyche, parentis meae Veneris praeceptorum immemor, quae te miseri extremique hominis devinctam cupidine infimo matrimonio addici iusserat, ipse potius amator advolavi tibi. (4) sed hoc feci leviter, scio, et praeclarus ille sagittarius ipse me telo meo percussi teque coniugem meam feci, ut bestia scilicet tibi viderer et ferro caput excideres meum, quod istos amatores tuos oculos gerit. (5) haec tibi identidem semper cavenda censebam, haec benivole remonebam. sed illae quidem consiliatrices egregiae tuae tam perniciosi magisterii dabunt actutum mihi poenas, te vero tantum fuga mea punivero.« et cum termino sermonis pinnis in altum se proripuit.

lichen Feuers brennst du an, während dich doch nur irgendein Verliebter, um länger auch in der Nacht noch die Wonnen der Liebe auskosten zu können, erfunden hat!
(6) So versengt, sprang der Gott auf, und als er sein Vertrauen schmutzig verraten sah, flog er geradewegs aus den Küssen und Umarmungen seiner todunglücklichen Gattin wortlos davon.

24 (1) Aber Psyche greift sofort, als er sich erhebt, mit beiden Händen nach seinem rechten Bein, nun ein klägliches Anhängsel seiner luftigen Auffahrt und in den Wolkengefilden letzte Gefährtin der schwebenden Reise, bis sie schließlich ermattet zu Boden sinkt.
(2) Doch der verliebte Gott verließ die am Boden Liegende nicht, sondern flog auf die nächste Zypresse, und von ihrem hohen Wipfel redet er sie heftig aufgebracht so an: (3) »Ich, du arglos-dumme Psyche, habe die Gebote meiner Mutter Venus nicht beachtet, die mir aufgetragen hatte, dich durch Leidenschaft zum ärmsten und verworfensten Menschen zu fesseln und niedrigster Ehe preiszugeben, und bin lieber selber als Liebhaber zu dir geflogen. (4) Aber dies habe ich aus Leichtsinn getan, ich weiß, und ich, der hochberühmte Bogenschütze, habe mich selbst mit meinem eigenen Geschoß durchbohrt und dich zu meiner Gattin gemacht – nun ja, nur damit du mich für ein Untier hältst und mit dem Eisen mir den Kopf abschneidest, der doch diese in dich verliebten Augen birgt! (5) Davor dich stets zu hüten, habe ich dir immer und immer wieder geraten, davor habe ich dich wohlwollend gewarnt. Aber sie, deine famosen Ratgeberinnen, werden mir für ihren so verderblichen Rat alsbald büßen müssen, dich aber werde ich nur durch meine Flucht bestrafen.« Und mit dem Ende seiner Worte entflog er auf seinen Fittichen in die Höhe.

25 (1) Psyche vero humi prostrata et, quantum visi poterat, volatus mariti prospiciens extremis affligebat lamentationibus animum. sed ubi remigio plumae raptum maritum proceritas spatii fecerat alienum, per proximi fluminis marginem praecipitem sese dedit. (2) sed mitis fluvius – in honorem dei scilicet, qui et ipsas aquas urere consuevit – metuens sibi confestim eam innoxio volumine super ripam florentem herbis exposuit.

(3) Tunc forte Pan deus rusticus iuxta supercilium amnis sedebat complexus Echo montanam deam eamque voculas omnimodas edocens reccinere. proxime ripam vago pastu lasciviunt comam fluvii tondentes capellae. (4) hircuosus deus sauciam Psychen atque defectam, utcumque casus eius non inscius, clementer ad se vocatam sic permulcet verbis lenientibus:

(5) »Puella scitula, sum quidem rusticanus et upilio, sed senectutis prolixae beneficio multis experimentis instructus. verum si recte coniecto – quod profecto prudentes viri divinationem autumant – ab isto titubante et saepius vacillante vestigio deque nimio pallore corporis et assiduo suspiritu, immo et ipsis maerentibus oculis tuis, amore nimio laboras. (6) ergo mihi ausculta nec te rursus praecipitio vel ullo mortis accersitae genere perimas. luctum desine et pone maerorem precibusque potius Cupidinem deorum maximum percole et utpote adolescentem delicatum luxuriosumque blandis obsequiis promerere.«

25 (1) Psyche aber, die ausgestreckt am Boden lag und, solange er noch zu sehen war, ihrem davonfliegenden Gatten nachschaute, peinigte sich mit bittersten Klagen. Doch als die Fittiche ihren Gatten davongetragen und der weite Himmelsraum ihn unsichtbar gemacht hatte, stürzte sie sich vom Rand des nächsten Flusses kopfüber hinab. (2) Doch der sanfte Strom setzte sie – zu Ehren des Gottes, versteht sich, der sogar die Gewässer in Glut zu setzen pflegt – aus Angst um sich sogleich auf seinen ungefährlichen Wogen ans blumenbewachsene Ufer.

(3) Da saß gerade Pan, der ländliche Gott, am hohen Ufer des Stromes, hielt die Berggöttin Echo umfangen und lehrte sie, allerlei leise Töne nachzusingen.[20] Ganz in der Nähe des Ufers hüpfen lustig in zerstreuter Herde Ziegen und grasen längs des Flusses. (4) Der bocksfüßige Gott ruft die sieche und erschöpfte Psyche – irgendwie wußte er über ihr Unglück genau Bescheid – freundlich zu sich und besänftigt sie so mit lindernden Worten:

(5) »Du hübsches Mädchen, ich bin zwar nur ein Bauer und Schafhirt, doch dank meinem vorgerückten Alter verfüge ich über große Erfahrung. Wenn ich aber richtige Schlüsse ziehe – wirklich kluge Männer reden dabei von höherer Eingebung – aus deinem wankenden und öfters schwankenden Gang, aus der allzu bleichen Farbe deines Körpers und den unablässigen Seufzern und dann erst recht aus deinen traurigen Augen, so leidest du an allzu großer Liebe! (6) Also leih mir dein Ohr und versuch nicht wieder, dich durch plötzliches Hinabstürzen oder sonst einen Freitod umzubringen! Hör auf zu trauern und laß ab zu klagen, verehre lieber Cupido, den mächtigsten der Götter, mit Gebeten, und da er ja ein feiner und verwöhnter junger Mann ist, gewinne ihn dir durch Schmeicheln und Gehorsam!«

26 (1) Sic locuto deo pastore nulloque sermone reddito, sed adorato tantum numine salutari Psyche pergit ire. sed ⟨cum⟩ aliquam multum viae laboranti vestigio pererrasset, inscio quodam tramite iam die labente accedit quandam civitatem, in qua regnum maritus unius sororis eius obtinebat. (2) qua re cognita Psyche nuntiari praesentiam suam sorori desiderat. mox inducta mutuis amplexibus alternae salutationis expletis percontanti causas adventus sui sic incipit:

(3) »Meministi consilium vestrum, scilicet quo mihi suasistis, ut bestiam, quae mariti mentito nomine mecum quiescebat, priusquam ingluvie voraci me misellam hauriret, ancipiti novacula peremerem. (4) sed cum primum, ut aeque placuerat, conscio lumine vultus eius aspexi, video mirum divinumque prorsus spectaculum, ipsum illum deae Veneris filium, ipsum inquam Cupidinem leni quiete sopitum. (5) ac dum tanti boni spectaculo percita et nimia voluptatis copia turbata fruendi laborarem inopia, casu scilicet pessumo lucerna fervens oleum rebullivit in eius umerum. (6) quo dolore statim somno recussus, ubi me ferro et igni conspexit armatam, ›Tu quidem‹, inquit, ›ob istud tam dirum facinus confestim toro meo divorte tibique res tuas habeto; (7) ego vero sororem tuam‹ – et nomen, quo tu censeris, aiebat – ›iam mihi confarreatis

26 (1) So sprach der Hirtengott; Psyche indessen erwidert kein Wort, sondern bezeugt nur der hilfreichen Gottheit ihre Verehrung und setzt dann den Weg fort. Als sie aber eine gehörige Wegstrecke mühseligen Schrittes durchirrt hat, kommt sie auf einem ihr unbekannten Pfad, da der Tag schon zur Neige geht, in eine Stadt, in welcher der Gatte einer ihrer Schwestern König war. (2) Wie Psyche das merkt, wünscht sie, daß ihre Gegenwart der Schwester gemeldet werde. Bald wird sie vorgelassen, und nachdem man mit dem gegenseitigen Begrüßen und Umarmen zu Ende gekommen ist, antwortet sie ihr auf die Frage nach dem Grund ihres Kommens so:
(3) »Du erinnerst dich an euren Rat, war es doch der, in dem ihr mir zuredetet, ich solle das Untier, das unter erlogenem Gattennamen mit mir schlief, mit einem doppelschneidigen Messer töten, bevor es mich armes Geschöpf mit gieriger Gefräßigkeit verschlänge. (4) Aber sobald ich, wie gleichfalls beschlossen war, mit Hilfe der Lampe, meiner Mitwisserin, sein Antlitz erblicke, sehe ich ein wunderbares, ganz und gar göttliches Schauspiel: den Sohn der Göttin Venus höchst persönlich, ja ihn selber, Cupido, in sanfter Ruhe eingeschlummert. (5) Und während ich ob dem Anblick solchen Glücks aufgeregt und durch die allzu große Fülle der Wonne verwirrt, darunter litt, daß ich sie nicht genießen konnte, da ließ durch einen freilich gar bösen Zufall die Lampe siedend heißes Öl auf seine Schulter überfließen. (6) Der Schmerz darüber scheuchte ihn sofort aus dem Schlaf, und wie er mich mit Eisen und Feuer bewaffnet sah, sagte er: ›Du scheide wegen deiner Schandtat sofort von meinem Lager und behalte deine Sachen für dich;[21] (7) ich aber werde deine Schwester‹ – und er nannte den Namen, mit dem man dich nennt – ›mir nun in gesetzlich vorgeschriebener Form[22] vermählen.‹ Und sogleich gebie-

nuptiis coniugabo.‹ et statim Zephyro praecipit, ultra terminos me domus eius efflaret.«

27 (1) Necdum sermonem Psyche finierat, ⟨et⟩ illa vesanae libidinis et invidiae noxiae stimulis agitata, e re concinnato mendacio fallens maritum, quasi de morte parentum aliquid comperisset, statim navem ascendit et ad illum scopulum protinus pergit et quamvis alio flante vento, (2) caeca spe tamen inhians, »Accipe me«, dicens, »Cupido, dignam te coniugem et tu, Zephyre, suscipe dominam«, saltu se maximo praecipitem dedit. (3) nec tamen ad illum locum vel saltem mortua pervenire potuit. nam per saxa cautium membris iactatis atque dissipatis et proinde ut merebatur laceratis visceribus suis alitibus bestiisque obvium ferens pabulum interiit.

(4) Nec vindictae sequentis poena tardavit. nam Psyche rursus errabundo gradu pervenit ad civitatem aliam, in qua pari modo soror morabatur alia. (5) nec setius et ipsa fallacie germanitatis inducta et in sororis sceleratas nuptias aemula festinavit ad scopulum inque simile mortis exitium cecidit.

28 (1) Interim, dum Psyche quaesitioni Cupidinis intenta populos circumibat, at ille vulnere lucernae dolens in ipso thalamo matris iacens ingemebat.

(2) Tunc avis peralba illa gavia, quae super fluctus marinos pinnis natat, demergit sese propere ad Oceani profundum gremium. (3) ibi commodum Venerem la-

tet er dem Zephyr, mich über die Grenzen seines Hauses fortzublasen.«

27 (1) Noch hatte Psyche ihre Rede nicht beendet, da wurde jene schon von den Stacheln wahnsinniger Lust und sträflichen Neides gehetzt, täuschte mit einer passend zurechtgelegten Lüge ihren Gatten, als ob sie etwas vom Tod ihrer Eltern gehört hätte, besteigt sofort ein Schiff, geht geradewegs zu jenem Gipfel, und obgleich ein anderer Wind wehte, (2) sprach sie dennoch, lechzend vor blinder Hoffnung: »Nimm mich an, Cupido, eine Gattin, die deiner würdig ist, und du, Zephyr, nimm deine Herrin auf«, und stürzte sich in gewaltigem Sprung in die Tiefe. (3) Doch konnte sie selbst als Tote nicht an den ersehnten Ort gelangen. Denn ihre Glieder wurden über die felsigen Klippen geschleudert und zerstreut, und ihre Eingeweide, gerade wie sie es verdiente, zerrissen, so daß sie als willkommener Fraß für Vögel und wilde Tiere verendete.

(4) Auch der Vollzug der zweiten Strafe ließ nicht lange auf sich warten. Denn Psyche gelangte irrenden Schrittes wieder in eine andere Stadt, in der die andere Schwester in gleichen Verhältnissen lebte. (5) Nicht anders ließ auch diese sich von der geschwisterlichen Hinterlist täuschen, begehrte, um es ihrer Schwester gleichzutun, nach der ruchlosen Hochzeit, eilte zum Gipfel hin und fand das gleiche Ende.[23]

28 (1) Während Psyche inzwischen ihre ganze Aufmerksamkeit auf die Suche nach Cupido richtete und in aller Welt umherwanderte, lag er stöhnend just im Schlafgemach seiner Mutter und litt an der Wunde, die ihm die Lampe zugefügt hatte.

(2) Da taucht die schneeweiße Möwe, die mit ihren Fittichen über die Fluten des Meeres gleitet, eilig in den tiefen Schoß des Ozeans. (3) Dort tritt sie nahe

vantem natantemque propter assistens indicat adustum filium eius, gravi vulneris dolore maerentem, dubium salutis iacere. (4) iamque per cunctorum ora populorum rumoribus conviciisque variis omnem Veneris familiam male audire, quod ille quidem montano scortatu, tu vero marino natatu secesseritis, (5) ac per hoc non voluptas ulla, non gratia, non lepos, sed incompta et agrestia et horrida cuncta sint: non nuptiae coniugales, non amicitiae sociales, non liberum caritates, sed enormis colluvies et squalentium foederum insuave fastidium.

(6) Haec illa verbosa et satis curiosa avis in auribus Veneris fili lacerans existimationem ganniebat.

(7) At Venus irata solidum exclamat repente: »Ergo iam ille bonus filius meus habet amicam aliquam? prome agedum, quae sola mihi servis amanter, nomen eius, quae puerum ingenuum et investem sollicitavit, sive illa de Nympharum populo seu de Horarum numero seu de Musarum choro vel de mearum Gratiarum ministerio.«

(8) Nec loquax illa conticuit avis, sed »Nescio«, inquit, »domina. puto puellam – si probe memini, Psyches nomine dicitur – ⟨eum⟩ efflicte cupere.«

(9) Tunc indignata Venus exclamavit vel maxime: »Psychen ille meae formae succubam, mei nominis aemulam si vere diligit, nimirum illud incrementum lenam me putavit, cuius monstratu puellam illam cognosceret.«

an Venus heran, die gerade badet und schwimmt, und zeigt ihr an,[24] ihr Sohn sei versengt, liege wegen des heftigen Schmerzes seiner Wunde verzagt darnieder und zweifle an seiner Genesung. (4) Schon sei die ganze Familie der Venus in aller Leute Mund durch allerlei Gemunkel und Lästerreden verrufen: ihr hättet euch beide davongemacht, er zum Huren in den Bergen, du aber zum Baden im Meer, (5) und deswegen gebe es keine Lust, keine Anmut und keinen Liebreiz mehr, sondern alles sei schmucklos, ungeschlacht und abstoßend: kein Ehebund, keine gesellige Freundschaft, keine Kindesliebe, nur ein ungeheures Chaos und schmutzige Verbindungen, ekelhaft und widerlich.

(6) Dies kreischte der schwatzhafte und ziemlich vorwitzige Vogel in die Ohren der Venus und riß dabei den Ruf ihres Sohnes in Fetzen.

(7) Aber Venus erzürnt heftig und schreit sogleich los: »Also hat mein vortrefflicher Sohn schon ein Liebchen? Los, mach schon – bist du doch die einzige, die mir in Liebe dient –, rück heraus mit dem Namen derjenigen, die den unverdorbenen und minderjährigen Jungen berückt hat, sei sie aus dem Schwarm der Nymphen, der Zahl der Horen, aus dem Reigen der Musen oder sogar der dienenden Schar meiner Grazien!«[25]

(8) Und der geschwätzige Vogel schwieg nicht, sondern sagte: »Ich weiß nicht, meine Gebieterin, ich glaube, er ist in ein Mädchen – wenn ich mich recht erinnere, heißt sie Psyche – zum Sterben verliebt.«

(9) Da verlor Venus die Fassung und schrie erst recht los: »Liebt er wirklich Psyche, die Rivalin meiner Schönheit, die Nebenbuhlerin meines Namens, dann hat mich dieses Bürschchen tatsächlich für eine Kupplerin gehalten, durch deren Vermittlung er das Mädchen kennenlernen sollte!«

29 (1) Haec quiritans properiter emergit e mari suumque protinus aureum thalamum petit et reperto, sicut audierat, aegroto puero iam inde a foribus quam maxime boans (2) »Honesta«, inquit, »haec et natalibus nostris bonaeque tuae frugi congruentia, ut primum quidem tuae parentis, immo dominae praecepta calcares nec sordidis amoribus inimicam meam cruciares, (3) verum etiam hoc aetatis puer tuis licentiosis et immaturis iungeres amplexibus, ut ego nurum scilicet tolerarem inimicam. (4) sed utique praesumis, nugo et corruptor et inamabilis, te solum generosum nec me iam per aetatem posse concipere. (5) velim ergo scias multo te meliorem filium alium ⟨me⟩ genituram, immo, ut contumeliam magis sentias, aliquem de meis adoptaturam vernulis, eique donaturam istas pinnas et flammas et arcum et ipsas sagittas et omnem meam supellectilem, quam tibi non ad hos usus dederam; (6) nec enim de patris tui bonis ad instructionem istam quicquam concessum est.

30 (1) Sed male ⟨a⟩ prima pueritia inductus es et acutas manus habes et maiores tuos irreverenter pulsasti totiens et ipsam matrem tuam, me inquam ipsam, parricida, denudas cotidie et percussisti saepius et quasi viduam utique contemnis nec vitricum tuum fortissimum illum maximumque bellatorem metuis. (2) quidni? cui saepius in angorem mei paelicatus puellas propinare consuesti. sed iam faxo te lusus huius paeniteat

29 (1) Mit kreischenden Scheltworten taucht sie hurtig aus dem Meer empor und sucht schnurstracks ihr goldenes Schlafgemach auf, und als sie den Knaben, so, wie sie es gehört hatte, krank vorfand, brüllte sie schon von der Tür aus, so laut sie konnte: (2) »Das ist ja prächtig und paßt zu unserem Stand und deinem braven Charakter! Erstens hast du deiner Mutter, nein, deiner Gebieterin Vorschriften mit Füßen getreten und meine Feindin nicht mit gemeiner Liebschaft gequält, (3) und zweitens hast du sie, du Grünschnabel, frech und unreif, wie du bist, sogar umarmt, so daß ich mir wohl noch meine Feindin als Schwiegertochter gefallen lassen soll! (4) Aber ohne weiteres setzest du voraus, du Tunichtgut, du Verführer, du widerlicher Kerl, du seist der einzige Stammhalter und ich könne von Alters wegen keine Kinder mehr bekommen. (5) So wisse denn: ich werde einen anderen, viel besseren Sohn als dich gebären, nein, damit du die Schmach noch stärker fühlst, einen meiner kleinen Hausklaven adoptieren[26] und ihm deine Fittiche und Fackeln, den Bogen, ja selbst die Pfeile und all mein Gerät schenken, das ich dir nicht zu diesem Zweck gegeben hatte; (6) denn nichts von dieser Ausrüstung stammt aus dem Besitz deines Vaters.[27]

30 (1) Aber du bist schon von Kindesbeinen an ein Flegel gewesen und hast scharfe Krallen, und so manches Mal hast du deine älteren Verwandten unehrerbietig gehauen, und selbst deine Mutter, selbst mich, sage ich, du Muttermörder, stellst du täglich bloß und hast mich öfters wund geschlagen, und, als ob ich eine Witwe wäre, kümmerst du dich keinen Deut um mich und fürchtest nicht einmal deinen Stiefvater, den tollkühnen und gewaltigen Krieger.[28] (2) Wie solltest du auch? Pflegst du ihm doch, um mir mein Verhältnis mit Angst zu belasten, nicht selten Mädchen vorzusetzen. Aber nun will ich dafür sorgen, daß dich die-

et sentias acidas et amaras istas nuptias. (3) sed nunc inrisui habita quid agam? quo me conferam? quibus modis stelionem istum cohibeam? petamne auxilium ab inimica mea Sobrietate, quam propter huius ipsius luxuriam offendi saepius? (4) at rusticae squalentisque feminae conloquium prorsus horresco. nec tamen vindictae solacium undeunde spernendum est. (5) illa mihi prorsus adhibenda est nec ulla alia, quae castiget asperrime nugonem istum, pharetram explicet et sagittas dearmet, arcum enodet, taedam deflammet, immo et ipsum corpus eius acrioribus remediis coerceat. (6) tunc iniuriae meae litatum crediderim, cum eius comas, quas istis manibus meis subinde aureo nitore perstrinxi, deraserit, pinnas, quas meo gremio nectarei fontis infeci, praetotonderit.«

31 (1) Sic effata foras sese proripit infesta et stomachata biles Venerias. sed eam protinus Ceres et Iuno continantur visamque vultu tumido quaesiere, cur truci supercilio tantam venustatem micantium oculorum coerceret. (2) at illa »Opportune«, inquit, »ardenti prorsus isto meo pectori volentiam scilicet perpetraturae venitis. sed totis, oro, vestris viribus Psychen illam fugitivam volaticam mihi requirite. nec enim vos utique domus meae famosa fabula et non dicendi filii mei facta latuerunt.«

(3) Tunc illae ⟨non⟩ ignarae, quae gesta sunt, palpare Veneris iram saevientem sic adortae: »Quid tale, do-

ses Spiel gereut und deine Hochzeit dir sauer und bitter schmeckt. (3) Aber jetzt, verlacht, wie ich bin, was soll ich tun? Wohin gehen? Wie diesen Schlingel bändigen? Soll ich meine Feindin, die Nüchternheit, um Hilfe bitten, die ich wegen des lasterhaften Lebens gerade dieses Burschen öfters gekränkt habe? (4) Aber ich schaudere ganz und gar davor zurück, mich mit dieser ungehobelten und schmutzigen Frau zu unterhalten. Und doch: Rache ist süß; woher sie auch kommt, man darf sie nicht verachten. (5) Sie und keine andere muß ich beiziehen, daß sie den Taugenichts da aufs härteste züchtigt, den Köcher losbindet und ihm die Pfeile wegnimmt, den Bogen entspannt, die Fackel löscht, ja, auch seinen Körper selbst mit recht kräftigen ›Heilmitteln‹ traktiert. (6) Erst dann will ich meine Schmach für gesühnt halten, wenn sie seine Haare, die ich oft mit meinen Händen hier mit Goldglanz überzog, abgeschoren und seine Fittiche, die ich auf meinem Schoß mit flüssigem Nektar benetzte, gestutzt hat.«

31 (1) Nach diesen Worten stürzt sie hinaus, in feindseliger Haltung und voll galliger Erbitterung, wie sie nur Venus eigen ist. Doch im gleichen Augenblick begegnen ihr Ceres und Juno, und als sie ihre empörte Miene sahen, fragten sie, warum sie mit finster zusammengezogenen Augenbrauen die holde Anmut ihrer strahlenden Augen unterdrücke. (2) Doch sie erwiderte: »Ihr kommt gerade recht, um diesem meinem zornentbrannten Herzen Genugtuung zu verschaffen. Sucht mir doch bitte mit allen euren Kräften Psyche, diese flüchtige Herumtreiberin! Denn euch ist ja ohnehin das Gerede und Gemunkel über mein Haus und der Streich meines Sohnes, der diesen Namen verwirkt hat, nicht verborgen geblieben.«

(3) Da versuchten jene, die wohl wußten, was geschehen war, den rasenden Zorn der Venus so zu be-

mina, deliquit tuus filius, ut animo pervicaci voluptates illius impugnes et, quam ille diligit, tu quoque perdere gestias? (4) quod autem, oramus, isti crimen, si puellae lepidae libenter adrisit? an ignoras eum masculum et iuvenem esse vel certe iam quot sit annorum oblita es? an, quod aetatem portat bellule, puer tibi semper videtur? (5) mater autem tu et praeterea cordata mulier filii tui lusus semper explorabis curiose et in eo luxuriem culpabis et amores revinces et tuas artes tuasque delicias in formonso filio reprehendes? (6) quis autem te deum, quis hominum patietur passim cupidines populis disseminantem, cum tuae domus amores amare coerceas et vitiorum muliebrium publicam praecludas officinam?«

(7) Sic illae metu sagittarum patrocinio gratioso Cupidini quamvis absenti blandiebantur. sed Venus indignata ridicule tractari suas iniurias praeversis illis altorsus concito gradu pelago viam capessit.

sänftigen: »Was hat denn dein Sohn so Arges angestellt, Gnädige, daß du starrköpfig seine Vergnügungen bekämpfst und die größte Lust daran findest, seine Geliebte auch deinerseits ins Unglück zu stürzen? (4) Mit Verlaub, was hat er denn verbrochen, wenn er ein hübsches Mädchen freundlich angelächelt hat? Weißt du denn nicht, daß er ein Mann ist und erwachsen, oder hast du wirklich vergessen, wie alt er schon ist? Oder scheint er dir noch immer ein Knabe, weil er für sein Alter noch so niedlich aussieht? (5) Willst du denn als Mutter und außerdem als verständige Frau die Tändeleien deines Sohnes immer neugierig ausspionieren, ihm seine Vergnügungssucht ankreiden, seine Liebeleien unterdrücken und deine eigenen galanten Künste deinem schönen Sohn zum Vorwurf machen? (6) Wer aber unter den Göttern, wer unter den Menschen wird es hinnehmen, daß du überall Liebesverlangen unter den Leuten aussäst, während du in deinem Haus Liebeleien lieblos Einhalt gebietest und die öffentliche Werkstatt, wo die Laster der Weiber geschmiedet werden, zumachst?«

(7) So übernahmen jene huldvoll aus Furcht vor seinen Pfeilen Cupidos Verteidigung und schmeichelten ihm, wiewohl er nicht zugegen war. Aber Venus ist entrüstet, daß man sich über das ihr zugefügte Unrecht lustig macht, wendet sich von ihnen ab und schlägt eilenden Schrittes in entgegengesetzter Richtung den Weg zum Meer ein.

Liber sextus

1 (1) Interea Psyche variis iactabatur discursibus, dies noctesque mariti vestigationibus inquieta animi, tanto cupidior iratum licet si non uxoriis blanditiis lenire, certe servilibus precibus propitiare. (2) et prospecto templo quodam in ardui montis vertice »Unde autem«, inquit, »scio, an istic meus degat dominus?« et ilico dirigit citatum gradum, quem defectum prorsus adsiduis laboribus spes incitabat et votum. (3) iamque naviter emensis celsioribus iugis pulvinaribus sese proximam intulit. videt spicas frumentarias in acervo et alias flexiles in corona et spicas hordei videt. (4) erant et falces et operae messoriae mundus omnis, sed cuncta passim iacentia et incuria confusa et, ut solet aestu, laborantium manibus proiecta. (5) haec singula Psyche curiose dividit et discretim semota rite componit, rata scilicet nullius dei fana ⟨et⟩ caerimonias neclegere se debere, sed omnium benivolam misericordiam corrogare.

Sechstes Buch

1 (1) Unterdessen wurde Psyche auf mancherlei Irrfahrten umhergetrieben; Tag und Nacht ließen die Nachforschungen nach dem Gatten ihr Herz nicht zur Ruhe kommen, doch um so mehr brannte sie darauf, ihn, mochte er auch zürnen, wo nicht mit den Liebkosungen einer Gattin zu besänftigen, so doch wenigstens mit unterwürfigen Bitten versöhnlicher zu stimmen. (2) Da sah sie in der Ferne einen Tempel auf dem Gipfel eines steilaufragenden Berges: »Woher kann ich denn wissen«, sprach sie, »ob nicht dort mein Gebieter weilt?« Auf der Stelle lenkt sie ihren beschleunigten Schritt dorthin, den beständige Strapazen ganz entkräftet hatten, aber Hoffnung und Sehnsucht beflügelten. (3) Nachdem sie sich jetzt den recht steilen Grat tapfer bis zur Höhe hinaufgearbeitet hatte, trat sie ein und näherte sich dem Göttersitz. Da sieht sie Weizenähren auf einem Haufen und andere zum Kranz gewunden, auch Gerstenähren sieht sie. (4) Es waren auch Sicheln da und jegliches Gerät zur Schnitterarbeit, aber alles lag in wirrem Durcheinander achtlos herum, wie es bei großer Hitze Arbeiter hinzuwerfen pflegen. (5) Das scheidet Psyche alles sorgfältig Stück für Stück voneinander, legt es gesondert auf eine Seite und stellt es, wie es sich gehört, zusammen; glaubt sie doch, sie dürfe keines Gottes Heiligtum und heilige Bräuche vernachlässigen, sondern müsse alle zusammen um wohlwollendes Mitleid bitten.

2 (1) Haec eam sollicite seduloque curantem Ceres alma deprehendit et longum exclamat protinus: »Ain, Psyche miseranda? (2) totum per orbem Venus anxia disquisitione tuum vestigium furens animi requirit teque ad extremum supplicium expetit et totis numinis sui viribus ultionem flagitat. tu vero rerum mearum tutelam nunc geris et aliud quicquam cogitas nisi de tua salute?«

(3) Tunc Psyche pedes eius advoluta et uberi fletu rigans deae vestigia humumque verrens crinibus suis multiiugis precibus editis veniam postulabat: (4) »Per ego te frugiferam tuam dexteram istam deprecor, per laetificas messium caerimonias, per tacita secreta cistarum et per famulorum tuorum draconum pinnata curricula (5) et glebae Siculae sulcamina et currum rapacem et terram tenacem et inluminarum Proserpinae nuptiarum demeacula et luminosarum filiae inventionum remeacula et cetera, quae silentio tegit Eleusinis Atticae sacrarium, miserandae Psyches animae supplicis tuae subsiste. (6) inter istam spicarum congeriem patere vel pauculos dies delitescam, quoad deae tantae saeviens ira spatio temporis mitigetur vel certe meae vires diutino labore fessae quietis intervallo leniantur.«

3 (1) Suscipit Ceres: »Tuis quidem lacrimosis precibus et commoveor et opitulari cupio, sed cognatae meae, cum qua etiam foedus antiquum amicitiae colo, bonae praeterea feminae, malam gratiam subire nequeo. (2) decede itaque istis aedibus protinus et quod a me

2 (1) Wie sie dies ängstlich und emsig besorgt, trifft die segenspendende Ceres[29] sie an und ruft ihr sogleich von weitem schon zu: »Ist es denn möglich, bejammernswerte Psyche? (2) Auf der ganzen Erde sucht Venus mit peinlicher Gründlichkeit rasenden Herzens nach deiner Spur, verlangt nach dir, um dich aufs strengste zu bestrafen, und fordert Rache mit allen Kräften ihrer göttlichen Macht. Du jedoch kümmerst dich jetzt um meine Sachen und denkst noch an etwas anderes als an deine Rettung?«

(3) Da warf sich Psyche ihr zu Füßen, benetzte mit reichlichen Tränen die Füße der Göttin, fegte mit ihren Haaren den Boden und flehte mit vielfachen Bitten um Gnade: (4) »Bei deiner früchtetragenden Rechten hier flehe ich dich inständig an, bei den freudespendenden Erntefeiern, bei den verschwiegenen Geheimnissen der Truhen und bei dem beflügelten Gefährt deiner Drachen, (5) den gefurchten Äckern Siziliens, dem jäh entführenden Wagen und der zäh festhaltenden Erde, der Hinabfahrt der Proserpina zu finsterer Hochzeit und der Rückkehr deiner Tochter zu lichtreichem Wiederfinden und dem übrigen, was das Heiligtum des attischen Eleusis mit Schweigen deckt:[30] hilf der armen Seele der Psyche, die kniefällig zu dir fleht! (6) Laß es zu, daß ich mich unter diesem Ährenhaufen da verstecke, nur ganz wenige Tage, bis sich der rasende Zorn der mächtigen Göttin mit der Zeit mäßigt oder wenigstens meine von der langen Mühsal erschöpften Kräfte durch eine Ruhepause sich erholen!«

3 (1) Ceres erwidert: »Deine tränenreichen Bitten rühren mich zwar, und ich möchte auch helfen, aber mit meiner Verwandten,[31] mit der ich auch seit langem freundschaftlich verbunden bin und die abgesehen davon eine gute Frau ist, will ich es nicht verderben. (2) Verlaß also stracks dieses Haus, und schätze dich

retenta custoditaque non fueris optimi consule.«
(3) Contra spem suam repulsa Psyche et afflicta duplici maestitia iter retrorsum porrigens inter subsitae convallis sublucidum lucum prospicit fanum sollerti fabrica structum nec ullam vel dubiam spei melioris viam volens omittere, sed adire cuiuscumque dei veniam sacratis foribus proximat. (4) videt dona pretiosa et lacinias auro litteratas ramis arborum postibusque suffixas, quae cum gratia facti nomen deae, cui fuerant dicata, testabantur. tunc genu nixa et manibus aram tepentem amplexa detersis ante lacrimis sic adprecatur:

4 (1) »Magni Iovis germana et coniuga, sive tu Sami, quae sola partu vagituque et alimonia tua gloriatur, tenes vetusta delubra sive celsae Carthaginis, quae te virginem vectura leonis caelo commeantem percolit, beatas sedes frequentas seu prope ripas Inachi, (2) qui te iam nuptam Tonantis et reginam deorum memorat, inclitis Argivorum praesides moenibus, (3) quam cunctus oriens Zygiam veneratur et omnis occidens Lucinam appellat, sis meis extremis casibus Iuno Sospita meque in tantis exanclatis laboribus defessam imminentis periculi metu libera. quod sciam, soles praegnatibus periclitantibus ultro subvenire.«

glücklich, daß ich dich nicht zurückgehalten und eingesperrt habe!«
(3) Wider ihre Hoffnung abgewiesen und von doppelter Traurigkeit niedergeschlagen, geht Psyche den Weg wieder zurück; da erblickt sie in dem unter ihr liegenden Talkessel im Halbschatten eines Haines einen mit kunstreichem Geschick erbauten Tempel, und da sie keinen noch so zweifelhaften Weg zu besserer Hoffnung unbeachtet lassen, sondern die Gnade eines jeden Gottes angehen will, nähert sie sich dem geheiligten Tor. (4) Sie sieht kostbare Geschenke und Tücher, die mit goldenen Buchstaben durchwirkt und an Baumäste und Türpfosten geheftet waren und mit dem Dank für die erwiesene Wohltat den Namen der Göttin bezeugten, der sie geweiht waren. Da kniet sie hin, umfaßt mit ihren Händen den noch lauen Altar, wischt sich vorher die Tränen ab und spricht folgendes Gebet:
4 (1) »Schwester und Gemahlin des großen Jupiter, magst du in den alten heiligen Hallen von Samos wohnen, das allein sich deiner Geburt, deines kindlichen Wimmerns und deiner Betreuung rühmt, magst du die heiligen Sitze des erhabenen Karthago einnehmen, das dich als Jungfrau verehrt, die mit dem Löwengespann zum Himmel fährt, magst du an den Ufern des Inachos, (2) der dich überdies als Vermählte des Donnerers und Königin der Götter preist, die berühmten Mauern von Argos schützen, (3) du, welche das ganze Morgenland als Ehestifterin verehrt und das ganze Abendland als Geburtshelferin anruft: sei mir in meiner äußersten Bedrängnis die Retterin Juno und befreie mich von der Furcht vor der drohenden Gefahr, haben mich doch die vielen durchgemachten Leiden erschöpft! Soviel ich weiß, pflegst du schwangeren Frauen in ihrer Not ungerufen zu Hilfe zu kommen.«[32]

(4) Ad istum modum supplicanti statim sese Iuno cum totius sui numinis augusta dignitate praesentat et protinus »Quam vellem«, inquit, »per fidem nutum meum precibus tuis accommodare. (5) sed contra voluntatem Veneris nurus meae, quam filiae semper dilexi loco, praestare me pudor non sinit. tunc etiam legibus, quae servos alienos profugos invitis dominis vetant suscipi, prohibeor.«

5 (1) Isto quoque fortunae naufragio Psyche perterrita nec indipisci iam maritum volatilem quiens tota spe salutis deposita sic ipsa suas cogitationes consuluit: (2) »Iam quae possunt alia meis aerumnis temptari vel adhiberi subsidia, cui nec dearum quidem quanquam volentium potuerunt prodesse suffragia? (3) quo rursum itaque tantis laqueis inclusa vestigium porrigam quibusque tectis vel etiam tenebris abscondita magnae Veneris inevitabiles oculos effugiam? quin igitur masculum tandem sumis animum et cassae speculae renuntias fortiter et ultroneam te dominae tuae reddis et vel sera modestia saevientes impetus eius mitigas? (4) qui scias, an etiam, quem diu quaeritas, illic in domo matris repperias?« sic ad dubium obsequium, immo ad certum exitium praeparata principium futurae secum meditabatur obsecrationis.

6 (1) At Venus terrenis remediis inquisitionis abnuens caelum petit. iubet instrui currum, quem ei Vulcanus aurifex subtili fabrica studiose poliverat et ante tha-

(4) Noch während sie so fleht, erscheint ihr augenblicklich Juno in all ihrer erhabenen Himmelsmajestät und spricht sogleich: »Wie gern möchte ich, bei meiner Treu', meinen Willen deinen Bitten angleichen! (5) Aber gegen den Willen der Venus, meiner Schwiegertochter,[33] die ich immer wie eine Tochter geliebt habe, dir zu helfen, hindert mich der Respekt. Und dann verwehren es mir auch die Gesetze, welche verbieten, die flüchtigen Sklaven anderer gegen den Willen ihrer Herren aufzunehmen.«[34]

5 (1) So erlitt auch diese Hoffnung Psyches Schiffbruch; ganz verängstigt und außerstande, ihren geflügelten Gatten noch zu erreichen, ließ sie alle Hoffnung auf Rettung fahren und ging so mit ihren Gedanken zu Rate: (2) »Welche anderen Mittel für meine Drangsal könnten jetzt noch versucht oder angewendet werden, da mir nicht einmal die Hilfe der Göttinnen, wiewohl sie es wünschten, nützen konnte? (3) Wohin soll ich also wieder, in solche Schlingen verstrickt, meine Schritte lenken, unter welchem Dach, ja in welchem Dunkel verborgen, kann ich den unentrinnbaren Augen der mächtigen Venus entfliehen? Warum faßt du dir nicht endlich ein mannhaftes Herz, verzichtest tapfer auf den nichtigen Hoffnungsschimmer, lieferst dich freiwillig deiner Herrin aus und milderst durch willigen Gehorsam, komme er auch spät, ihre Wutausbrüche? (4) Wie weißt du, ob du nicht vielleicht auch den Langgesuchten dort im Haus der Mutter findest?« So bereitete sie sich zu bedenklichem Gehorsam, nein, zum sicheren Untergang und überlegte bei sich, wie sie ihre kommende Bittrede beginnen solle.

6 (1) Aber Venus verzichtet darauf, ihre Fahndung mit irdischen Mitteln fortzusetzen, und eilt gen Himmel. Sie läßt ihren Wagen schirren, den ihr Vulkan, der Goldschmied, in feiner Arbeit emsig ziseliert und

lami rudimentum nuptiale munus obtulerat, limae tenuantis detrimento conspicuum et ipsius auri damno pretiosum. (2) de multis, quae circa cubiculum dominae stabulant, procedunt quattuor candidae columbae et hilaris incessibus picta colla torquentes iugum gemmeum subeunt susceptaque domina laetae subvolant. (3) currum deae prosequentes gannitu constrepenti lasciviunt passeres et ceterae, quae dulce cantitant, aves melleis modulis suave resonantes adventum deae pronuntiant. (4) cedunt nubes et caelum filiae panditur et summus aether cum gaudio suscipit deam nec obvias aquilas vel accipitres rapaces pertimescit magnae Veneris canora familia.

7 (1) Tunc se protinus ad Iovis regias arces dirigit et petitu superbo Mercuri dei vocalis operae necessariam usuram postulat. nec rennuit Iovis caerulum supercilium. (2) tunc ovans ilico comitante etiam Mercurio Venus caelo demeat eique sollicite serit verba: (3) »Frater Arcadi, scis nempe sororem tuam Venerem sine Mercuri praesentia nil unquam fecisse nec te praeterit utique, quanto iam tempore delitescentem ancillam nequiverim repperire. nil ergo superest quam tuo praeconio praemium investigationis publicitus edicere. (4) fac ergo mandatum matures meum et indicia, qui possit agnosci, manifeste designes, ne, si quis occulta-

vor der Brautnacht als Hochzeitsgeschenk zugeeignet hatte; dieser Wagen hatte durch das Schaben und Schleifen der Feile an Pracht und gerade durch die Einbuße an Gold in seiner Kostbarkeit gewonnen. (2) Von den vielen Tauben,[35] die um das Schlafgemach ihrer Herrin nisten, kommen vier schneeweiße hervor und begeben sich, vergnügt einherstolzierend und ihre bunten Hälse drehend, unter das edelsteinbesäte Joch, lassen ihre Herrin einsteigen und fliegen frohgemut empor. (3) Den Wagen der Göttin geleiten laut zwitschernd ausgelassene Sperlinge, und die andern Vögel, die lieblich singen, lassen die süßesten Melodien immer und immer wieder anmutig erschallen, so das Nahen der Göttin verkündend. (4) Es weichen die Wolken, der Himmel öffnet sich seiner Tochter, und ganz in der Höhe nimmt der Äther die Göttin mit Freuden auf, und weder die Begegnung mit Adlern noch räuberische Habichte braucht das sangeslustige Gesinde der großen Venus zu fürchten.

7 (1) Dann wendet sie sich sogleich zu Jupiters Königsburg und fordert mit stolzem Antrag die dringliche Inanspruchnahme der Dienste Merkurs, des stimmgewaltigen Gottes.[36] Und Jupiters dunkle Augenbraue schlägt die Bitte nicht ab. (2) Nun fährt Venus auf der Stelle, begleitet auch von Merkur, triumphierend vom Himmel herab, und aufgeregt schwatzt sie auf ihn ein: (3) »Bruder[37] aus Arkadien, du weißt ja, daß deine Schwester Venus nie etwas ohne die Teilnahme Merkurs unternommen hat, und es entgeht dir keinesfalls, wie lange Zeit ich schon meine Magd, die sich versteckt hält, nicht auffinden kann. Es bleibt also nichts anderes übrig, als durch deinen Heroldsruf eine Belohnung für ihre Aufspürung öffentlich auszubieten. (4) Mach also, daß du meinen Auftrag schleunig ausführst und die Merkmale, an denen sie zu erkennen ist, deutlich bezeich-

tionis illicitae crimen subierit, ignorantiae se possit excusatione defendere.« (5) et simul dicens libellum ei porrigit, ubi Psyches nomen continebatur et cetera. quo facto protinus domum secessit.

8 (1) Nec Mercurius omisit obsequium. nam per omnium ora populorum passim discurrens sic mandatae praedicationis munus exequebatur: (2) »Si quis a fuga retrahere vel occultam demonstrare poterit fugitivam regis filiam Veneris ancillam nomine Psychen, conveniat retro metas Murtias Mercurium praedicatorem (3) accepturus indicivae nomine ab ipsa Venere septem savia suavia et unum blandientis adpulsu linguae longe mellitum.«

(4) Ad hunc modum pronuntiante Mercurio tanti praemii cupido certatim omnium mortalium studium adrexerat. quae res nunc vel maxime sustulit Psyches omnem cunctationem.

(5) Iamque fores ei dominae proximanti occurrit una de famulitione Veneris nomine Consuetudo statimque, quantum maxime potuit, exclamat: (6) »Tandem, ancilla nequissima, dominam habere te scire coepisti? an pro cetera morum tuorum temeritate istud quoque nescire te fingis, quantos labores circa tuas inquisitiones sustinuerimus? (7) sed bene, quod meas potissimum manus incidisti et inter Orci cancros iam ipsos haesisti, datura scilicet actutum tantae contumaciae poenas.«

nest, damit nicht einer, wenn er das Verbrechen begeht, sie unerlaubterweise zu verstecken, sich mit der Entschuldigung verteidigen kann, er habe nichts davon gewußt.« (5) Und mit diesen Worten übergibt sie ihm einen Steckbrief, worin Psyches Name und alles übrige enthalten war. Darauf begab sie sich flugs nach Hause.

8 (1) Und Merkur unterließ es nicht, ihr zu gehorchen. Denn er eilte überallhin, vor das Angesicht aller Völker, und entledigte sich der ihm aufgetragenen Pflicht der öffentlichen Bekanntmachung folgendermaßen: (2) »Wenn einer von der Flucht zurückbringen oder im Versteck angeben kann eine flüchtige Königstochter, eine Magd der Venus, Psyche mit Namen, dann soll er sich hinter den Murtischen Spitzsäulen[38] beim Herold Merkur melden, (3) um in Empfang zu nehmen als Anzeigelohn von Venus persönlich sieben süße Küsse und einen extrasüßen und betörenden Zungenkuß!«[39]

(4) Auf diese Ankündigung Merkurs hin hatte die Gier nach so hoher Belohnung den Wetteifer aller Sterblichen angestachelt. Dieser Umstand beseitigte nun erst recht jegliches Zögern Psyches.

(5) Als sie sich schon den Toren ihrer Herrin nähert, begegnet ihr eine aus dem Gesinde der Venus mit Namen Vertraulichkeit[40] und schreit sogleich, so laut sie kann: (6) »Endlich, du nichtsnutzige Magd, beginnt es dir zu dämmern, daß du eine Herrin hast? Oder gibst du vor, dreist, wie du ja auch sonst bist, auch dies nicht zu wissen, welche Mühen wir bei deiner Suche auf uns genommen haben? (7) Nur gut, daß du just in meine Hände gefallen und genau zwischen den Gitterstäben der Unterwelt hängengeblieben bist, um, das versteht sich, spornstreichs für deinen frechen Trotz zu büßen.«

9 (1) Et audaciter in capillos eius inmissa manu trahebat eam nequaquam renitentem.

Quam ubi primum inductam oblatamque sibi conspexit Venus, latissimum cachinnum extollit et qualem solent furenter irati, caputque quatiens et ascalpens aurem dexteram (2) »Tandem«, inquit, »dignata es socrum tuam salutare? an potius maritum, qui tuo vulnere periclitatur, intervisere venisti? sed esto secura; iam enim excipiam te, ut bonam nurum condecet.« et »Ubi sunt«, inquit, »Sollicitudo atque Tristities ancillae meae?« (3) quibus intro vocatis torquendam tradidit eam. at illae sequentes erile praeceptum Psychen misellam flagellis afflictam et ceteris tormentis excruciatam iterum dominae conspectui reddunt. (4) tunc rursus sublato risu Venus »Et ecce«, inquit, »nobis turgidi ventris sui lenocinio commovet miserationem, unde me praeclara subole aviam beatam scilicet faciat. (5) felix vero ego, quae in ipso aetatis meae flore vocabor avia, et vilis ancillae filius nepos Veneris audiet. (6) quanquam inepta ego ⟨quae⟩ frustra filium dicam; impares enim nuptiae et praeterea in villa sine testibus et patre non consentiente factae legitimae non possunt videri; ac per hoc spurius iste nascetur, si tamen partum omnino perferre te patiemur.«

10 (1) His editis involat eam vestemque plurifariam

9 (1) Und keck fuhr sie ihr mit der Hand ins Haar und schleifte sie fort, ohne daß diese sich im geringsten sträubte.
Sobald Venus sie vorgeführt und ihr ausgeliefert sah, brach sie in ein breites Gelächter aus, wie rasend Erzürnte zu lachen pflegen, schüttelte das Haupt, kratzte sich am rechten Ohr und sagte: (2) »Hast du endlich geruht, deine Schwiegermutter zu begrüßen? Oder bist du vielmehr gekommen, einmal nach deinem Gatten zu sehen, der an deiner Wunde gefährlich darniederliegt? Aber sei ohne Sorge; ich will dich nämlich jetzt empfangen, wie es einer guten Schwiegertochter gebührt.« Und weiter: »Wo sind Kummer und Traurigkeit, meine Mägde?« (3) Als diese hereingerufen waren, übergab sie ihnen Psyche zur Folterung. Die folgen dem Gebot ihrer Gebieterin, schlagen die arme Psyche mit Geißeln, quälen sie mit allen sonstigen Marterwerkzeugen und bringen sie erneut vor die Augen der Herrin. (4) Da erhebt Venus ein neues Lachen und spricht: »Ei, siehe da, ihr geschwollener Bauch soll als Lockmittel dienen, unser Mitleid zu erregen; mit dem prächtigen Sprößling darin möchte sie mich, das liegt auf der Hand, zu einer glücklichen Großmutter machen. (5) Wahrhaftig, welch ein Glück für mich, daß ich mitten in der Blüte meiner Jahre als Großmutter angeredet werden soll und der Sohn einer billigen Magd Enkel der Venus heißen darf! (6) Doch wie töricht von mir, ihn grundlos deinen Sohn zu nennen. Denn eine Eheschließung zwischen unebenbürtigen Partnern, die außerdem in einem Landhaus ohne Zeugen und ohne Einwilligung des Vaters vollzogen wurde, kann nicht als rechtsgültig betrachtet werden;[41] und folglich wird der da als Bastard geboren werden, wenn wir dich überhaupt die Leibesfrucht austragen lassen.«

10 (1) Nach diesen Erklärungen stürzt sie auf sie los,

diloricat capilloque discisso et capite conquassato graviter affligit. et accepto frumento et hordeo et milio et papavere et cicere et lente et faba commixtisque acervatim confusis⟨que⟩ in unum grumulum sic ad illam: (2) »Videris enim mihi tam deformis ancilla nullo alio, sed tantum sedulo ministerio amatores tuos promereri. iam ergo et ipsa frugem tuam periclitabor. (3) discerne seminum istorum passivam congeriem singulisque granis rite dispositis atque seiugatis ante istam vesperam opus expeditum approbato mihi.«

(4) Sic assignato tantorum seminum cumulo ipsa cenae nuptiali concessit. nec Psyche manus admolitur inconditae illi et inextricabili moli, sed immanitate praecepti consternata silens obstupescit. (5) tunc formicula illa parvula atque ruricola certa difficultatis tantae laborisque miserta contubernalis magni dei socrusque saevitiam execrata discurrens naviter convocat corrogatque cunctam formicarum accolarum classem: (6) »Miseremini terrae omniparentis agiles alumnae, miseremini et Amoris uxori puellae lepidae periclitanti prompta velocitate succurrite.« (7) ruunt aliae superque aliae sepedum populorum undae summoque studio singulae granatim totum digerunt acervum separatimque distributis dissitisque generibus e conspectu perniciter abeunt.

11 (1) Sed initio noctis e convivio nuptiali vino madens et fraglans balsama Venus remeat totumque re-

zerreißt ihr das Kleid in lauter Fetzen, zerzaust ihr Haar, schüttelt ihr heftig den Kopf und richtet sie übel zu. Dann läßt sie sich Weizen, Gerste, Hirse, Mohn, Erbsen, Linsen und Bohnen bringen, vermischt sie ganz durcheinander und schüttet sie zu einem einzigen Häufchen zusammen und spricht so zu ihr: (2) »Eine so häßliche Magd wie du kann sich, scheint mir, durch nichts anderes als durch eifrigen Dienst ihre Liebhaber gewinnen. So will denn also auch ich jetzt deine Tauglichkeit auf die Probe stellen. (3) Entwirre den durcheinandergemengten Haufen dieser Samenmasse da, und wenn du die einzelnen Körner richtig verteilt und gesondert hast, liefere mir noch vor heute abend die fertige Arbeit ab!«
(4) Nachdem sie ihr so den Haufen all der Samen angewiesen hatte, ging sie selbst zu einem Hochzeitsmahl. Psyche aber legt nicht Hand an die ungeordnete und unentwirrbare Masse, sondern, bestürzt über den ungeheuerlichen Auftrag, erstarrt sie und verstummt. (5) Da erbarmt sich ein Ameislein, jenes winzige Tierlein auf dem Felde, das sich auskennt in solch schwieriger und mühevoller Arbeit, der Gefährtin des großen Gottes und verwünscht das grausame Wüten ihrer Schwiegermutter; emsig läuft es hin und her, versammelt und bietet das ganze Heer der umwohnenden Ameisen auf: (6) »Erbarmt euch, ihr behenden Kinder der Allmutter Erde, erbarmt euch und eilt Amors Gattin, einem reizenden Mädchen, in ihrer Not geschwind und flink zu Hilfe!« (7) Da stürzen Wogen über Wogen sechsfüßiger Völker herbei, entwirren mit höchstem Eifer einzeln, Korn für Korn, den ganzen Haufen, scheiden und verteilen jede Sorte für sich und entziehen sich im Nu den Blicken.
11 (1) Zu Beginn der Nacht jedoch kehrt Venus vom Hochzeitsgelage zurück, von Wein triefend und duftend nach Balsam, den ganzen Leib mit leuchtenden

vincta corpus rosis micantibus visaque diligentia miri laboris (2) »Non tuum«, inquit, »nequissima, nec tuarum manuum istud opus, sed illius, cui tuo, immo et ipsius malo placuisti.« et frusto cibarii panis ei proiecto cubitum facessit.

(3) Interim Cupido solus interioris domus unici cubiculi custodia clausus coercebatur acriter, partim ne petulanti luxurie vulnus gravaret, partim ne cum sua cupita conveniret. sic ergo distentis et sub uno tecto separatis amatoribus tetra nox exanclata.

(4) Sed Aurora commodum inequitante vocatae Psychae Venus infit talia: »Videsne illud nemus, quod fluvio praeterluenti ripisque longis attenditur, (5) cuius imi frutices vicinum fontem despiciunt? oves ibi nitentis auri vero decore florentes incustodito pastu vagantur. (6) inde de coma pretiosi velleris floccum mihi confestim quoquo modo quaesitum afferas censeo.«

12 (1) Perrexit Psyche volenter non obsequium quidem illa functura, sed requiem malorum praecipitio fluvialis rupis habitura. sed inde de fluvio musicae suavis nutricula leni crepitu dulcis aurae divinitus inspirata sic vaticinatur harundo viridis: (2) »Psyche tantis aerumnis exercita, neque tua miserrima morte meas sanctas aquas polluas nec vero istud horae contra formidabiles oves feras aditum, (3) quoad de solis

Rosen umwunden, und als sie die sorgfältige Ausführung der erstaunlichen Arbeit sieht, ruft sie: (2) »Du liederliches Geschöpf, das ist nicht dein und deiner Hände Werk, sondern dessen, dem du zu deinem, nein, auch zu seinem Unglück gefallen hast.« Dabei wirft sie ihr ein Stückchen groben Brotes hin und geht schlafen.

(3) Unterdessen war Cupido allein in einem einzigen Schlafgemach des inneren Hauses wie ein Gefangener eingesperrt und wurde scharf bewacht, teils, damit er nicht durch ausgelassenen Übermut seine Wunde verschlimmere, teils, damit er nicht mit seinem Schatz zusammenkäme. So durchlitten die beiden Liebenden unter einem Dach, doch auseinandergehalten und geschieden, eine fürchterliche Nacht.

(4) Aber als die Morgenröte eben am Himmel emporfährt, ruft Venus Psyche und sagt zu ihr folgendes: »Siehst du jenen Hain, der sich längs des vorbeiströmenden Flusses und seiner langen Ufer hinzieht, (5) dessen unterste Büsche auf die benachbarte Quelle hinabschauen? Dort schweifen Schafe, prangend im natürlichen Schmuck strahlenden Goldes, auf unbewachter Weide umher. (6) Ich will, daß du mir von dort sofort eine Flocke von der Wolle des kostbaren Vlieses bringst; wie du sie dir verschaffst, ist deine Sache!«

12 (1) Psyche machte sich willig auf, freilich nicht, um Gehorsam zu leisten, sondern um Ruhe vor ihren Leiden durch einen Sturz vom Uferfelsen zu finden. Doch horch, da warnt vom Flusse her die Spenderin süßer Musik, das grüne Schilfrohr, vom linden Säuseln lieblicher Lüfte göttlich inspiriert, mit folgender Prophezeiung: (2) »Psyche, von unendlichen Leiden Gepeinigte, entweihe nicht durch deinen elenden Tod meine heiligen Wasser, lenke aber auch nicht zu dieser Stunde deinen Schritt zu den fürchterlichen Schafen;

fraglantia mutuatae calorem truci rabie solent efferri cornuque acuto et fronte saxea et non nunquam venenatis morsibus in exitium saevire mortalium. (4) sed dum meridies solis sedaverit vaporem et pecua spiritus fluvialis serenitate conquieverint, poteris sub illa procerissima platano, quae mecum simul unum fluentum bibit, latenter abscondere. (5) et cum primum mitigata furia laxaverint oves animum, percussis frondibus attigui nemoris lanosum aurum repperies, quod passim stirpibus convexis obhaerescit.«

13 (1) Sic harundo simplex et humana Psychen aegerrimam salutem suam docebat. nec auscultatu ⟨im⟩paenitendo diligenter instructa illa cessavit, sed observatis omnibus furatrina facili flaventis auri mollitie congestum gremium Veneri reportat.

(2) Nec tamen apud dominam saltem secundi laboris periculum secundum testimonium meruit, sed contortis superciliis subridens amarum sic inquit: (3) »Nec me praeterit huius quoque facti auctor adulterinus. sed iam nunc ego sedulo periclitabor, an oppido forti animo singularique prudentia sis praedita. (4) videsne insistentem celsissimae illi rupi montis ardui verticem, de quo fontis atri fuscae defluunt undae proxumaeque conceptaculo vallis inclusae Stygias inrigant paludes et rauca Cocyti fluenta nutriunt? (5) indidem mihi de summi fontis penita scaturrigine rorem rigentem hau-

(3) denn solange sie von der sengenden Sonne sich Hitze borgen, pflegen sie in rasender Tollwut zu toben und mit spitzem Horn, steinharter Stirne und manchmal mit giftigen Bissen die Menschen tödlich anzufallen. (4) Aber wenn der Nachmittag[42] die Glut der Sonne gemildert und der liebliche, vom Fluß aufsteigende Wind die Tiere beruhigt hat, dann kannst du dich unter jener hohen und schlanken Platane, die mit mir zusammen aus ein und derselben Flut trinkt, heimlich verstecken. (5) Und sobald die Schafe ihr Rasen besänftigt und sich entspannt haben, brauchst du nur das Laub des angrenzenden Haines zu schütteln, und du wirst die Goldflocken finden, die allenthalben an den gebogenen Zweigen hangen!«

13 (1) So zeigte das Schilfrohr in seiner schlichten Menschenfreundlichkeit der todtraurigen Psyche den Weg zur Rettung. Aufmerksam zuhörend – es sollte sie nicht gereuen – läßt sie sich sorgfältig unterrichten und säumt nicht, sondern beachtet alle Weisungen und bringt der Venus nach mühelosem Diebstahl den Schoß voll von leuchtend gelben Goldflocken heim.

(2) Doch selbst die glücklich überstandene Gefahr des zweiten Abenteuers trug ihr bei der Herrin keine Anerkennung ein, sondern mit gerunzelten Augenbrauen und hämischem Lächeln sprach sie: (3) »Auch bei dieser Tat ist mir der wirkliche Urheber nicht verborgen. Nun aber will ich eine besondere Probe anstellen, ob du tatsächlich so mutig und einzigartig klug bist. (4) Siehst du dort über jenem sehr hohen Felsen die Spitze des steilen Berges, von dem die dunklen Wasser einer finsteren Quelle herabfließen, die im nahen Talbecken gesammelt werden, um die Stygischen[43] Sümpfe zu bewässern und die tosenden Fluten des Cocytus zu speisen? (5) Genau von dort, vom tief im Innern gelegenen Sprudel der Quelle auf dem Gipfel schöpfe eiskaltes Naß und bring es mir in diesem Krüglein da

ritum ista confestim defer urnula.« sic aiens crustallo dedolatum vasculum insuper ei graviora comminata tradidit.

14 (1) At illa studiose gradum celerans montis extremum petit tumulum certe vel illic in⟨ventura⟩ vitae pessimae finem. sed cum primum praedicti iugi conterminos locos appulit, videt rei vastae letalem difficultatem. (2) namque saxum immani magnitudine procerum et inaccessa salebritate lubricum mediis e faucibus lapidis fontes horridos evomebat, (3) qui statim proni foraminis lacunis editi perque proclive delapsi et angusti canalis exarato contecti tramite proxumam convallem latenter incidebant. (4) dextra laevaque cautibus cavatis proserpunt ecce longa colla porrecti saevi dracones inconivae vigiliae luminibus addictis et in perpetuam lucem pupulis excubantibus. iamque et ipsae semet muniebant vocales aquae. (5) nam et »Discede« et »Quid facis? vide« et »Quid agis? cave« et »Fuge« et »Peribis« subinde clamant. (6) sic impossibilitate ipsa mutata in lapidem Psyche quamvis praesenti corpore, sensibus tamen aberat et inextricabilis periculi mole prorsus obruta lacrumarum etiam extremo solacio carebat.

15 (1) Nec Providentiae bonae graves oculos innocentis animae latuit aerumna. nam supremi Iovis regalis ales illa repente propansis utrimque pinnis affuit rapax aquila memorque veteris obsequii, (2) quo ductu

schleunigst herab!« Mit diesen Worten übergab sie ihr ein aus Kristall gefertigtes Fläschchen, nachdem sie ihr obendrein noch Schlimmeres angedroht hatte.

14 (1) Psyche jedoch strebt eifrig eilenden Schrittes der höchsten Spitze des Berges zu, um gewiß wenigstens dort das Ende ihres elenden Lebens zu finden. Aber sobald sie die angrenzenden Bezirke des zuvor bezeichneten Gipfels erreicht hat, erkennt sie die tödliche Schwierigkeit des ungeheuren Unternehmens. (2) Denn der in riesiger Wucht aufragende Fels, dessen unzugängliche Geröllhalden leicht ausrutschen ließen, spie mitten aus dem felsigen Schlund schaurige Fluten hervor; (3) diese schossen aus Höhlungen mit sofort jäh sich neigender Öffnung heraus, stürzten den Abhang hinab und ergossen sich, im ausgepflügten Bett eines engen Kanals verdeckt, unbemerkt ins nächste Tal hinein. (4) Ei, da kriechen zur Rechten und Linken aus den Felsenhöhlen, die langen Hälse gereckt, grimmige Drachen hervor, deren nie sich schließende Augen unermüdlich wachsam sind und deren Pupillen für ewige Zeiten auf Lauer liegen. Nun setzten sich auch noch die Wasser, die sprechen konnten, zur Wehr: (5) »Geh weg! Was machst du? Paß auf! Was treibst du? Nimm dich in acht! Flieh! Du wirst umkommen!« brüllen sie ohne Unterlaß. (6) Psyche, die sah, daß ihr Unterfangen unmöglich gelingen konnte, wurde selbst in Stein verwandelt und war bei leiblicher Gegenwart doch mit ihren Sinnen abwesend; von der Last der unlösbaren, gefährlichen Aufgabe völlig erdrückt, mußte sie sogar auf den letzten Trost, die Tränen, verzichten.

15 (1) Doch den ernsten Augen der guten Vorsehung blieb die Betrübnis der unschuldigen Seele nicht verborgen. Denn des höchsten Jupiter königlicher Vogel, der räuberische Adler, war plötzlich mit beiderseits ausgespannten Schwingen zur Stelle. Er gedachte des

Cupidinis Iovi pocillatorem Phrygium sustulerat, opportunam ferens opem deique numen in uxoris laboribus percolens alti culminis diales vias deserit et ob os puellae praevolans incipit: (3) »At tu, simplex alioquin et expers rerum talium, sperasne te sanctissimi nec minus truculenti fontis vel unam stillam posse furari vel omnino contingere? (4) diis etiam ipsique Iovi formidabiles aquas istas Stygias vel fando comperisti quodque vos deieratis per numina deorum, deos per Stygis maiestatem solere? sed cedo istam urnulam.« (5) et protinus adrepta complexaque festinat libratisque pinnarum nutantium molibus inter genas saevientium dentium et trisulca vibramina draconum remigium dextra laevaque porrigens nolentes aquas et, (6) ut abiret innoxius, praeminantes excipit commentus ob iussum Veneris petere eique se praeministrare, quare paulo facilior adeundi fuit copia.

16 (1) Sic acceptam cum gaudio plenam urnulam Psyche Veneri citata rettulit.

Nec tamen nutum deae saevientis vel tunc expiare potuit. (2) nam sic eam maiora atque peiora flagitia comminans appellat renidens exitiabile: »Iam tu quidem magna videris quaedam mihi et alta prorsus malefica, quae talibus praeceptis meis obtemperasti navi-

alten Dienstes, (2) da er unter Cupidos Führung für Jupiter den phrygischen Mundschenk[44] emporgetragen hatte, und brachte Hilfe just im rechten Moment: die hohe Macht des Gottes bei den Leiden seiner Gattin zu ehren, verläßt er die heiligen Bahnen des hohen Himmelsgewölbes, fliegt vor das Antlitz des Mädchens und redet sie an: (3) »He du, arglos, wie du ja auch sonst bist, und unerfahren in solchen Dingen, hoffst du, du könntest von der hochheiligen und nicht minder schaurigen Quelle auch nur einen Tropfen entwenden oder überhaupt nur berühren? (4) Den Göttern sogar und selbst Jupiter sind diese stygischen Wasser ein Graus, das weißt du doch, wenn auch nur vom Hörensagen, auch daß die Eide, die ihr bei der Macht der Götter schwört, die Götter bei der Majestät des Styx zu schwören pflegen? Aber her mit deinem Krüglein!« (5) Und flugs reißt er es an sich, umfaßt es und eilt fort. Die schweren wippenden Schwingen in der Schwebe haltend, fliegt er zwischen zähnefletschenden Rachen und Drachen hin, die mit dreifach gespaltener Zunge züngeln, reckt nach rechts und links seine Ruder und fängt die Wasser auf, die sich weigern (6) und ihn drohend warnen, er solle verschwinden, solange er noch unversehrt sei; doch er schützt vor, er hole das Naß auf Geheiß der Venus und sei ihr damit zu Diensten, was den Zutritt ein wenig erleichterte.

16 (1) So empfing Psyche mit Freuden das volle Krüglein und brachte es geschwind zu Venus zurück.

Doch konnte sie nicht einmal jetzt den Willen der erzürnten Göttin versöhnlich stimmen. (2) Denn diese droht ihr mit noch größeren und schlimmeren Gemeinheiten und ruft sie mit tödlich-tückischem Grinsen also an: »Nun scheinst du mir eine große und ganz gerissene Zauberin zu sein, da du meinen schwierigen Befehlen so tadellos Folge geleistet hast. (3) Aber noch

ter. (3) sed adhuc istud, mea pupula, ministrare debebis: sume istam pyxidem«, et dedit, »protinus usque ad inferos et ipsius Orci ferales penates te derige. (4) tunc conferens pyxidem Proserpinae ›Petit de te Venus‹, dicito, ›modicum de tua mittas ei formonsitate vel ad unam saltem dieculam sufficiens. nam quod habuit, dum filium curat aegrotum, consumpsit atque contrivit omne‹. sed haud immaturius redito, quia me necesse est indidem delitam theatrum deorum frequentare.«

17 (1) Tunc Psyche vel maxime sensit ultimas fortunas suas et velamento reiecto ad promptum exitium sese compelli manifeste comperit. quidni? quae suis pedibus ultro ad Tartarum manesque commeare cogeretur. (2) nec cunctata diutius pergit ad quampiam turrim praealtam indidem sese datura praecipitem; sic enim rebatur ad inferos recte atque pulcherrime se posse descendere.

(3) Sed turris prorumpit in vocem subitam et »Quid te«, inquit, »praecipitio, misella, quaeris extinguere? quidque iam novissimo periculo laborique isto temere succumbis? (4) nam si spiritus corpore tuo semel fuerit seiugatus, ibis quidem profecto ad imum Tartarum, sed inde nullo pacto redire poteris. mihi ausculta:

18 (1) Lacedaemo Achaiae nobilis civitas non longe sita est. huius conterminam deviis abditam locis quaere Taenarum. (2) inibi spiraculum Ditis et per portas

diesen Dienst, mein Püppchen, wirst du mir leisten müssen: nimm hier diese Büchse« – und sie gab sie ihr – »und begib dich stracks zur Unterwelt und dem Totenhaus des Orkus[45] selber! (4) Dann reiche Proserpina[46] die Büchse und sage: ›Venus bittet dich, ihr ein Quentchen von deiner Schönheit zu schicken, wenigstens so viel, als für ein einziges Täglein reicht. Denn was sie davon besaß, hat sie bei der Pflege ihres kranken Sohnes alles verbraucht und aufgezehrt.‹ Aber kehre ja nicht zu spät zurück, denn ich muß mich damit schminken, weil ich die Götterversammlung besuchen will.«

17 (1) Da spürte Psyche erst recht, daß ihr das letzte Stündlein geschlagen hatte, und erkannte deutlich, daß sie nun, da alle Verschleierungen weggefallen waren, in den baldigen Tod getrieben werde. Oder etwa nicht, da man sie zwang, auf ihren eigenen Füßen von selber zum Tartarus und zu den Totengeistern zu wandern? (2) Ohne länger zu zögern, bricht sie zu einem sehr hohen Turm auf, um sich von dort oben zu Tode zu stürzen; sie glaubte nämlich, sie könne so auf dem direktesten und bequemsten Weg in die Unterwelt hinabgelangen.

(3) Aber der Turm bricht plötzlich in Worte aus und sagt: »Was suchst du dich, arme Kleine, durch einen Sturz in die Tiefe auszulöschen? Warum gibst du dich nun in deiner letzten Prüfung und Aufgabe so ohne weiteres geschlagen? (4) Denn ist der Geist erst einmal von deinem Körper geschieden, dann wirst du zwar tatsächlich in den tiefsten Tartarus gelangen, aber von da unter keinen Umständen zurückkehren können. Hör mich an:

18 (1) Lacedaemon, die berühmte Griechenstadt, liegt nicht weit von hier. Ihr benachbart, verborgen in entlegener Gegend, suche Taenarus![47] (2) Daselbst zeigt sich das Luftloch des Dis[48] und durch klaffende Tore

hiantes monstratur iter invium; cui te limine transmeato simul commiseris, iam canale directo perges ad ipsam Orci regiam. (3) sed non hactenus vacua debebis per illas tenebras incedere, sed offas polentae mulso concretas ambabus gestare manibus, at in ipso ore duas ferre stipes. (4) iamque confecta bona parte mortiferae viae continaberis claudum asinum lignorum gerulum cum agasone simili, qui te rogabit, decidentis sarcinae fusticulos aliquos porrigas ei, sed tu nulla voce deprompta tacita praeterito. (5) nec mora, cum ad flumen mortuum venies, cui praefectus Charon protinus expetens portorium sic ad ripam ulteriorem sutili cumba deducit commeantes. – (6) ergo et inter mortuos avaritia vivit, nec Charon ille vel Ditis pater tantus deus quicquam gratuito facit. sed moriens pauper viaticum debet quaerere et aes si forte prae manu non fuerit, nemo eum expirare patietur. – (7) huic squalido seni dabis nauli nomine de stipibus, quas feres, alteram, sic tamen, ut ipse sua manu de tuo sumat ore. (8) nec setius tibi pigrum fluentum transmeanti quidam supernatans senex mortuus putris adtollens manus orabit, ut eum intra navigium trahas, nec tu tamen inlicita adflectare pietate.

19 (1) Transito fluvio modicum te progressam textrices orabunt anus telam struentes, manus paulisper accommodes, nec id tamen tibi contingere fas est. nam

hindurch ein unwegsamer Pfad; hast du die Schwelle überschritten und dich ihm anvertraut, wirst du durch einen geraden Gang genau zum Palast des Orkus kommen. (3) Aber du darfst nicht mit völlig leeren Händen durch jene Finsternis schreiten, sondern mußt in beiden Händen mit Honigwein eingedickte Gerstenklöße tragen und im Munde selbst zwei Münzen mitnehmen. (4) Und wenn du schon ein gut Stück des Todesweges zurückgelegt hast, wirst du einen lahmen, holzbepackten Esel mit einem ebenfalls lahmen Treiber antreffen, der dich bitten wird, ihm einige Scheite der herabgefallenen Last zu reichen, du aber bring kein Wort hervor und geh stumm vorüber! (5) Bald darauf wirst du zum Totenfluß kommen, wo Charon[49] regiert, der sofort den Fährlohn fordert und so in seinem Binsenkahn die Reisenden ans jenseitige Ufer übersetzt. – (6) Also lebt auch unter den Toten die Habsucht, und weder dieser Charon noch auch Vater Dis, der mächtige Gott, tut etwas unentgeltlich; sondern wenn ein Armer im Sterben liegt, muß er das Reisegeld auftreiben, und wenn gerade keine Kupfermünze zur Hand ist, so wird ihn niemand seinen Geist aushauchen lassen. – (7) Diesem schmutzigen Alten wirst du als Fährlohn von den Münzen, die du trägst, die eine geben, doch so, daß er selber sie eigenhändig aus deinem Mund nimmt. (8) Das ist nicht alles. Wenn du über die träge Flut fährst, wird auf ihr ein toter Greis schwimmen, seine verwesten Hände zu dir erheben und dich bitten, ihn in deinen Kahn zu ziehen; du aber laß dich nicht von verbotenem Mitleid rühren!

19 (1) Hast du den Fluß überquert und bist ein wenig weiter geschritten, so werden dich alte Weberinnen, die gerade ein Gewebe wirken, ein Weilchen Hand anzulegen bitten. Doch auch das darfst du nicht anrühren. Denn all dies und vieles andere werden von

haec omnia tibi et multa alia de Veneris insidiis orientur, ut vel unam de manibus omittas offulam. (2) nec putes futile istud polentacium damnum leve; altera enim perdita lux haec tibi prorsus denegabitur. (3) canis namque praegrandis teriugo et satis amplo capite praeditus immanis et formidabilis tonantibus oblatrans faucibus mortuos, quibus iam nil mali potest facere, frustra territando ante ipsum limen et atra atria Proserpinae semper excubans servat vacuam Ditis domum. (4) hunc offrenatum unius offulae praeda facile praeteribis ad ipsamque protinus Proserpinam introibis. quae te comiter excipiet ac benigne, ut et molliter assidere et prandium opipare suadeat sumere. (5) sed tu et humi reside et panem sordidum petitum esto. deinde nuntiato, quid adveneris, susceptoque quod offeretur rursus remeans canis saevitiam offula reliqua redime (6) ac deinde avaro navitae data, quam reservaveris, stipe transitoque eius fluvio recalcans priora vestigia ad istum caelestium siderum redies chorum. (7) sed inter omnia hoc observandum praecipue tibi censeo, ne velis aperire vel inspicere illam, quam feres, pyxidem vel omnino divinae formonsitatis abditum curiosius ⟨temptare⟩ thensaurum.«

20 (1) Sic turris illa prospicua vaticinationis munus explicuit. nec morata Psyche pergit Taenarum sumptisque rite stipibus illis et offulis infernum decurrit

Venus gelegte Fallen sein, damit du wenigstens eines der Klößchen aus den Händen fahren läßt. (2) Glaube ja nicht, diese lächerliche Einbuße an Gerste habe keine Folgen; denn wenn du einen der Klöße verlierst, wird dir dieses Sonnenlicht für immer versagt bleiben. (3) Denn ein riesenhafter Hund[50] mit dreifachem, recht mächtigem Kopf, ungeheuer und furchterregend, der mit donnerndem Rachen die Toten anbellt und sie, denen er nichts mehr zuleide tun kann, mit nichtigem Schrecken erfüllt, liegt gerade vor der Schwelle und den schwarzen Hallen der Proserpina immer auf Wache, das öde Haus des Dis zu beschirmen. (4) Hast du diesen mit dem einen der Klößchen, das du ihm als Beute zuwirfst, überlistet, wirst du leicht an ihm vorbeikommen und sogleich bei Proserpina persönlich eintreten. Sie wird dich freundlich und gütig aufnehmen, um dich zu überreden, dich auf einen weichen Stuhl zu setzen und ein leckeres Mahl einzunehmen. (5) Du aber setz dich auf den Boden, verlange schimmeliges Brot und iß es! Dann melde ihr den Zweck deines Kommens, nimm, was man dir anbietet, und auf dem Rückweg kaufe dich von dem wütenden Hund mit dem übrigen Klößchen los, (6) gib darauf die Münze, die du aufbewahrt hast, dem habgierigen Fährmann, und wenn du seinen Fluß überquert hast, tritt wieder in deine vorige Spur, und du wirst zu diesem Reigen himmlischer Gestirne zurückkehren. (7) Von allen Empfehlungen aber nimm dir die folgende besonders zu Herzen: hüte dich, die Büchse in deinen Händen zu öffnen oder hineinzuschauen oder überhaupt den verborgenen Schatz göttlicher Schönheit allzu neugierig in Augenschein zu nehmen!«

20 (1) So entfaltete der weitschauende Turm die Gabe der Weissagung. Ohne zu verweilen, begibt sich Psyche nach Taenarus, nimmt vorschriftsgemäß die Münzen und Klößchen und eilt den Höllenweg hinab.

meatum. (2) transitoque per silentium asinario debili et amnica stipe vectori data, neglecto supernatantis mortui desiderio et spretis textricum subdolis precibus et offulae cibo sopita canis horrenda rabie domum Proserpinae penetrat. (3) nec offerentis hospitae sedile delicatum vel cibum beatum amplexa, sed ante pedes eius residens humilis cibario pane contenta Veneriam pertulit legationem. (4) statimque secreto repletam conclusamque pyxidem suscipit et offulae sequentis fraude caninis latratibus obseratis residuaque navitae reddita stipe longe vegetior ab inferis recurrit. (5) et repetita atque adorata candida ista luce quanquam festinans obsequium terminare mentem capitur temeraria curiositate et (6) »Ecce«, inquit, »inepta ego divinae formonsitatis gerula, quae nec tantillum quidem indidem mihi delibo vel sic illi amatori meo formonso placitura.«

21 (1) Et cum dicto reserat pyxidem. nec quicquam ibi rerum nec formonsitas ulla, sed infernus somnus ac vere Stygius, qui statim coperculo relevatus invadit eam crassaque soporis nebula cunctis eius membris perfunditur et in ipso vestigio ipsaque semita conlapsam possidet. (2) et iacebat immobilis et nihil aliud quam dormiens cadaver.

Sed Cupido iam cicatrice solida revalescens nec diuti-

(2) Sie passiert schweigend den lahmen Eseltreiber, entrichtet dem Fergen die Flußgebühr, übersieht den Wunsch des obenauf schwimmenden Toten, verschmäht die arglistigen Bitten der Weberinnen, schläfert mit der Klößchenspeise den gräßlich wütenden Hund ein und dringt ins Haus der Proserpina vor. (3) Sie lehnte den von der Wirtin angebotenen feinen Sessel und die köstlichen Speisen ab, setzte sich vielmehr zu ihren Füßen auf den Boden, begnügte sich mit grobem Brot und bestellte ihr die Botschaft der Venus. (4) Sogleich nimmt sie die heimlich gefüllte und verschlossene Büchse in Empfang, stopft dem bellenden Hund mit dem zweiten Klößchen gerissen das Maul, händigt dem Schiffer die restliche Münze aus und eilt viel beschwingter aus der Unterwelt zurück. (5) Und als sie nun das helle Tageslicht wiedergewonnen und andächtig begrüßt hatte, wurde sie in ihrem Herzen, wiewohl sie sich beeilte, ihre Aufgabe eilends abzuschließen, von leichtsinniger Neugier ergriffen, so daß sie sprach: (6) »Ei, ich wäre doch eine Törin, wenn ich das göttliche Schönheitsmittel bloß trüge und mir nicht ein ganz klein wenig davon naschte, um vielleicht so meinem schönen Liebhaber zu gefallen.«

21 (1) Und zugleich mit den Worten öffnet sie die Büchse. Aber nichts Greifbares und keine Schönheit war darin, sondern ein der Unterwelt entstiegener, wahrhaft stygischer Schlaf, der, kaum vom Deckel befreit, sie überfällt, sich mit einem dichten, betäubenden Nebel über all ihre Glieder ergießt, derart, daß sie auf dem Fleck, wo sie steht, mitten auf dem Weg zusammensinkt und ganz seiner Macht anheimfällt. (2) Unbeweglich lag sie da, nichts anderes als ein schlafender Leichnam.

Doch Cupido, der sich nach Vernarbung seiner Wunde schon auf dem Weg der Genesung befand, hielt die lange Abwesenheit seiner Psyche nicht mehr aus; so

nam suae Psyches absentiam tolerans per altissimam cubiculi, quo cohibebatur, elapsus fenestram (3) refectisque pinnis aliquanta quiete longe velocius provolans Psychen accurrit suam detersoque somno curiose et rursum in pristinam pyxidis sedem recondito Psychen innoxio punctulo sagittae suae suscitat et (4) »Ecce«, inquit, »rursum perieras, misella, simili curiositate. sed interim quidem tu provinciam, quae tibi matris meae praecepto mandata est, exsequere naviter, cetera egomet videro.« his dictis amator levis in pinnas se dedit, Psyche vero confestim Veneri munus reportat Proserpinae.

22 (1) Interea Cupido amore nimio peresus et aegra facie matris suae repentinam sobrietatem pertimescens ad armillum redit alisque pernicibus caeli penetrato vertice magno Iovi supplicat suamque causam probat. (2) tunc Iuppiter prehensa Cupidinis buccula manuque ad os suum relata consaviat atque sic ad illum: (3) »Licet tu«, inquit, »domine fili, numquam mihi concessu deum decretum servaris honorem, sed istud pectus meum, quo leges elementorum et vices siderum disponuntur, convulneraris assiduis ictibus crebrisque terrenae libidinis foedaveris casibus contraque leges, (4) et ipsam Iuliam, disciplinamque publicam turpibus adulteriis existimationem famamque meam laeseris, in serpentes, in ignes, in feras, in aves et gregalia pecua serenos vultus meos sordide reformando, (5) at tamen

schlüpfte er durch das riesenhohe Fenster des Schlafgemachs, in dem er gefangengehalten wurde, hinaus, (3) flog mit seinen durch die lange Ruhe frisch gekräftigten Schwingen weit schneller vorwärts, eilte zu seiner Psyche, wischte achtsam den Schlaf von ihr ab und barg ihn wieder in der Büchse an seinem alten Platz, weckte dann Psyche mit einem harmlosen Stichlein seines Pfeiles und sagte: (4) »Siehst du, wieder warst du Ärmste durch die gleiche Neugier verloren! Aber inzwischen führe die Mission, die dir durch den Befehl meiner Mutter aufgetragen ist, tatkräftig aus, um das übrige will ich selbst besorgt sein!« Nach diesen Worten schwang sich ihr Liebhaber leicht in die Lüfte, Psyche aber liefert geschwind Proserpinas Geschenk an Venus ab.

22 (1) Mittlerweile kehrt Cupido, von übergroßer Liebe verzehrt und mit leidender Miene, aus ängstlicher Furcht vor der plötzlichen Strenge seiner Mutter, zu seinen alten Ränken zurück, dringt auf hurtigen Schwingen bis zum Himmelsgipfel, wirft sich dem großen Jupiter zu Füßen und trägt ihm sein Anliegen vor. (2) Da greift Jupiter nach Cupidos zarten Wangen, zieht sie mit der Hand an seinen Mund, küßt sie und spricht so zu ihm: (3) »Du hast zwar, mein Herr Sohn,[51] niemals die mir durch die Einwilligung der Götter übertragene Ehrenstellung geachtet, sondern meine Brust hier, in der die Gesetze der Elemente und der Wandel der Gestirne geordnet werden, mit unablässigen Pfeilschüssen verwundet und mit häufigen Anwandlungen irdischer Lust besudelt und gegen die Gesetze, (4) selbst das julische[52] nicht ausgenommen, und gegen die öffentliche Moral mit schändlichen Liebesaffären meinen Ruf und mein Ansehen geschädigt, indem du in Schlangen, in Feuer, in wilde Tiere, in Vögel und Herdenvieh mein heiteres Antlitz schmählich verwandeltest: (5) aber dennoch will ich, einge-

modestiae meae memor quodque inter istas meas manus creveris cuncta perficiam, dum tamen scias aemulos tuos cavere ac, si qua nunc in terris puella praepollet pulchritudine, praesentis beneficii vicem per eam mihi repensare te debere.«

23 (1) Sic fatus iubet Mercurium deos omnes ad contionem protinus convocare, ac si qui coetu caelestium defuisset, in poenam decem milium nummum conventum iri pronuntiare. quo metu statim completo caelesti theatro pro sede sublimi sedens procerus Iuppiter sic enuntiat:

(2) »Dei conscripti Musarum albo, adolescentem istum quod manibus meis alumnatus sim, profecto scitis omnes. cuius primae iuventutis caloratos impetus freno quodam coercendos existimavi. sat est cotidianis eum fabulis ob adulteria cunctasque corruptelas infamatum. (3) tollenda est omnis occasio et luxuria puerilis nuptialibus pedicis alliganda. puellam elegit et virginitate privavit: teneat, possideat, amplexus Psychen semper suis amoribus perfruatur.« (4) et ad Venerem conlata facie »Nec tu«, inquit, »filia, quicquam contristere nec prosapiae tantae tuae statuque de matrimonio mortali metuas. iam faxo nuptias non impares, sed legitimas et iure civili congruas.« (5) et ilico per Mercurium arripi Psychen et in caelum perduci iubet.

denk meiner Gutherzigkeit und weil du unter diesen meinen Händen aufgewachsen bist, alle deine Wünsche erfüllen. Nur mußt du wissen, daß du dich vor deinen Rivalen in acht nehmen und dich für den augenblicklichen Freundschaftsdienst durch ein wunderschönes Mädchen, falls jetzt gerade ein solches auf Erden lebt, revanchieren mußt.«

23 (1) So spricht er und befiehlt Merkur, unverzüglich alle Götter zu einer Versammlung einzuberufen und zu verkünden, daß, wenn einer bei der Tagung der Himmlischen fehle, er mit einer Buße von zehntausend Sesterzen belangt werde. Diese Drohung füllt das himmlische Theater im Nu, und mit seiner ragenden Gestalt vorn auf erhabenem Throne sitzend, läßt sich Jupiter also vernehmen:

(2) »Ihr Götter, eingeschrieben im Verzeichnis der Musen,[53] ohne Zweifel wißt ihr alle, daß ich den jungen Mann da eigenhändig aufgezogen habe. Ich bin zur Ansicht gekommen, daß das feurige Draufgängertum seiner ersten Jugend durch Zügel gebändigt werden muß. Es reicht nun einfach, daß er durch das tägliche Gerede über seine Amouren und Verführungen aller Art seinen Ruf kaputtgemacht hat. (3) Jede Gelegenheit muß beseitigt und seine jugendliche Geilheit durch Ehefesseln unterbunden werden. Er hat sich ein Mädchen erwählt und der Jungfräulichkeit beraubt: möge er sie haben und besitzen und sich in Psyches Armen ewiger Liebe erfreuen!« (4) Und zu Venus gewandt, fährt er fort: »Und du, meine Tochter, sei nicht traurig und ängstige dich nicht um deine erlauchte Familie und deine gesellschaftliche Stellung wegen der Ehe mit einer Sterblichen. Ich will jetzt dafür sorgen, daß es keine Mesalliance gibt, sondern eine gesetzmäßige, mit bürgerlichem Recht in Einklang stehende Ehe.«[54] (5) Und auf der Stelle läßt er Psyche durch Merkur aufgreifen und in den Himmel

porrecto ambrosiae poculo »Sume«, inquit, »Psyche, et immortalis esto. nec umquam digredietur a tuo nexu Cupido, sed istae vobis erunt perpetuae nuptiae.«
24 (1) Nec mora, cum cena nuptialis affluens exhibetur. accumbebat summum torum maritus Psychen gremio suo complexus. sic et cum sua Iunone Iuppiter ac deinde per ordinem toti dei. (2) tunc poculum nectaris – quod vinum deorum est – Iovi quidem suus pocillator ille rusticus puer, ceteris vero Liber ministrabat, Vulcanus cenam coquebat. (3) Horae rosis et ceteris floribus purpurabant omnia, Gratiae spargebant balsama, Musae quoque canora personabant. ⟨tunc⟩ Apollo cantavit ad citharam, Venus suavi musicae superingressa formonsa saltavit scaena sibi sic concinnata, ut Musae quidem chorum canerent, tibias inflaret Saturus et Paniscus ad fistulam diceret.
(4) Sic rite Psyche convenit in manum Cupidinis. et nascitur illis maturo partu filia, quam Voluptatem nominamus.

führen. Er reicht ihr einen Becher Ambrosia und spricht: »Nimm, Psyche, und sei fortan unsterblich! Nie wird sich Cupido aus den Banden, die ihn an dich knüpfen, lösen, sondern ihr seid vermählt in Ewigkeit!«[55]

24 (1) Und unverzüglich wird ein üppiger Hochzeitsschmaus aufgetragen. Auf dem obersten Polster[56] lagerte sich der Ehemann hin, der Psyche in seinem Schoß umfangen hielt; so auch mit seiner Juno Jupiter und dann dem Rang nach alle Götter. (2) Hierauf kredenzte den Becher mit Nektar – das ist der Götterwein – dem Jupiter sein Mundschenk, jener junge Hirte,[57] den übrigen hingegen Bacchus, und Vulkan kochte das Mahl. (3) Die Horen bestreuten alles mit Rosen und sonstigen Blumen wie mit Purpur, die Grazien sprengten Balsam, auch die Musen ließen wohlklingende Lieder erschallen. Danach sang Apollo zur Leier, und Venus tanzte elegant im Gleichschritt zu lieblicher Musik, wobei sie sich die Bühne so eingerichtet hatte, daß die Musen Tanzlieder sangen, ein Satyr Flöte blies und ein kleiner Pan zur Rohrpfeife vortrug.[58]

(4) So wurde Psyche in feierlicher Form Cupido zu eigen gegeben.[59] Und als die richtige Zeit um ist, wird ihnen eine Tochter geboren, die wir ›Lust‹ nennen.

Zum Text

Der lateinische Text folgt der Ausgabe des *Goldenen Esels* durch E. Brandt und W. Ehlers, München ^{2}1963. An dieser wurden, ausgehend vom textkritischen Apparat der glänzenden Edition von D. S. Robertson (mit französischer Übersetzung von P. Vallette, Paris ^{5}1969), die ihrerseits der Brandt/Ehlerschen Ausgabe zugrunde liegt, einige am Schluß dieser Zusammenstellung verzeichnete Textänderungen vorgenommen. Der textkritische Apparat der französischen Ausgabe wird nur insoweit angeführt, als es sich um Tilgungen (im Text [ ]), Ergänzungen (im Text ⟨ ⟩) und stark den Sinn verändernde Konjekturen handelt.

F	Laurentianus 68,2
φ	Laurentianus 29,2
F^2, φ^2	F bzw. φ in Korrektur
v	jüngere Handschriften oder Ausgaben (›Vulgata‹)
suppl.	supplevit (ergänzt von)
del.	delevit (getilgt von)
coni.	coniecit (vermutet von)

IV	28,3	⟨venerabantur⟩ *suppl. Stoll, post* adorationibus *v*
	29,3	differuntur *Helm*, die praeferuntur *F*
		proteruntur *Salmasius*, perferuntur *F*
	30,2	nominis *Robertson (cf. 29,4)*, numinis *F*
	30,3	usurpabit *v*, usurpavit *F*
	31,2	severiter *Brantius*, reverenter *F*
	31,3	infimi *v*, infirmi *F*
	31,5	set statim *Robertson*, et statim *F*
	32,6	⟨a⟩ *suppl. Scioppius*
V	1,6	domus faciat *v*, domus faciant *F*, domi faciant *Castiglioni (et Robertson)*

5,1 ⟨ut praesent⟩ius nihil *Robertson*, ius nichil *F*, *del. Helm praeeunte v*

10,3 allapsam *Helm*, conlapsam *F*

12,4 ⟨En⟩ *suppl. van der Vliet*
[et] *ante* sexus *del. van der Vliet*

15,1 lassitudinem *coll. V 2,3 al. Castiglioni*, lassitudine *F*, a *ante* lassitudine *suppl. Pricaeus*, ex *Helm*

16,3 mendacia *coll. V 19,1 Oudendorp*, mendacio *F*

17,1 turbata vigiliis, perditae *Bursian*, turbatis vigiliis perditae *F*

19,2 subaudiens *F*, obaudiens *fort. recte Souter*

20,1 ⟨ne⟩ suppl. Petschenig
iter *fort. recte secl. Gruter*, rite *coni. Petschenig*

20,3 sulcatum trahens gressum *Robertson*, sulcato intrahens gressus *F*

20,4 paullulatim *v*, pullulatim *F*

20,6 anxie *Robertson*, anxiae *F*
praestola⟨tae advola⟩bimus *suppl. van der Vliet*, praestolabimus *F* -mur *v*
ocius *v*, sociis *F*, *an* otiose *Robertson?*

21,5 priusque *Kronenberg*, primusque *F*, primisque *v et Robertson*

22,1 mutatur *Jahn*, mutavit *F*

22,2 novacula paenitebat *Weyman*, novacula praenitebat *F*, novaculam paenitebat *Lipsius (sed ipse postea reiecit) et Robertson*

23,2 punctu *Floridus*, puncto *F*

23,6 osculis *Crusius*, oculis *F*

25,3 Echo montanam *Jahn*, hęc homo canam *F*

26,1 ⟨cum⟩ *suppl. Gronovius*

27,1 ⟨et⟩ *suppl. Koziol*

28,5 colluvies *coll. V 23,6 Jahn*, gluvies *F*

28,6 fili *Colvius*, filium *F*

28,8 ⟨eum⟩ *suppl. Helm*, efflicte eum perire *Traube coll. III 16,1, secuti sunt Brandt/Ehlers*

29,5 ⟨me⟩ *suppl. Helm*

30,1 ⟨a⟩ *suppl. Weyman*

30,4 at *Jahn*, aut *F*

31,1 continantur *Kiessling*, continuantur *F*

31,2 volentiam *Markland*, violentiam *F*

31,3 ⟨non⟩ *suppl. Pricaeus*

VI 1,1 animi *Robertson*, animo *F*

1,5 semota *Rohde*, remota *F*
⟨et⟩ *suppl. v*

4,1 quae sola *Salmasius*, quaerula *F*

4,2 seu *Michaelis*, seues *F*
deorum φ^2, dearum *vel* decorum *F*

4,5 profugos φ^2, per fugas *F*

6,1 instrui *Oudendorp*, construi *F*

8,5 ei dominae *Rohde*, eius dominae *F*

9,1 latissimum *v*, laetissimum *F*

9,6 ⟨quae⟩ *suppl. van der Vliet*

10,1 ⟨que⟩ *suppl. v*

10,5 certa *Eyssenhardt*, certata *F*

11,5 imi frutices *van der Vliet*, imi gurgites *F*
nitentis *Luetjohann*, nitentes *F*
auri vero decore *Robertson*, auri|** cole *F*, auri decore *Luetjohann, quem secuti sunt Brandt/Ehlers*

12,2 istud horae *Salmasius*, istius ore *F*

13,1 ⟨im⟩ paenitendo *suppl. Petschenig*

13,4 rauca *Lipsius*, pauca *F*

13,5 defer urnula *v*, defer' surnula *F* (*sed in* deferes urnula *mut. al. m.*)

14,1 tumulum *v*, cumulum *F*
in⟨ventura⟩ vitae *suppl. Beroaldus*, invitae *F*

14,3 exarato *Petschenig*, exarto *F*

14,4 proserpunt ecce *Walter*, proserpunt et *F*

15,1 supremi *Modius*, primi *F*

15,3 sperasne *Stewech*, sperasque *F*

15,5 adrepta complexaque *Leo*, adreptam completamque *F*, adreptam complexamque *vir. doct. ap. Oudendorpium, Helm et Brandt/Ehlers*

18,6 vel Ditis pater *Seyffert*, ditis et pater *F*

18,8 trahas *v*, tradas *F*

19,3 tonantibus *Lipsius*, conantibus *F*

19,6 reservaveris *Robertson*, reservaveras *F*

19,7 ⟨temptare⟩ *suppl. Castiglioni*

21,1 relevatus *Rohde*, revelatus *F*

24,3 ⟨tunc⟩ *suppl. Robertson*

Lesarten, die von der Ausgabe von Brandt/Ehlers abweichen:

		Brandt/Ehlers:	vorliegende Edition:
V	1,6	nolente;	nolente:
	10,1	articuli	articulari *(codd. et alii ed.)*
	12,3	furiae	Furiae
	28,8	efflicte eum perire	⟨eum⟩ efflicte cupere
VI	10,2	iam ego	iam ergo *(codd.)*
	11,5	auri decore	auri vero decore
	13,5	defers urnula	defer urnula
	15,5	adreptam complexamque	adrepta complexaque
	19,6	reservaveras	reservaveris
	23,3	privavit.	privavit:

Anmerkungen

1 Die Kußhand ist eine oft erwähnte Geste religiöser Anbetung; vgl. Plin. nat. XXVIII,25: »in adorando dextram ad osculum referimus«. Seinem Ankläger Sicinius Aemilianus wirft Apuleius (apol. 56,4) Mißachtung der Götter vor: »[...] nefas habet adorandi gratia manum labris admovere.«

2 Aphrodite, von den Römern mit Venus gleichgesetzt, ist die Göttin der Liebe. Hesiod (theog. 188 ff.) berichtet, sie sei aus dem Schaum geboren, der sich um die Genitalien des von Kronos entmannten Uranos bildete. Das volksetymologische Hineinhören von ἀφρός (Schaum) in den ungriechischen Namen Ἀφροδίτη hat die zuerst bei Hesiod auftretende Geburtssage wesentlich bestimmt.

3 Paphos, Knidos und Kythera waren bedeutende Kultstätten der Venus. – Auf Paphos, an der Südwest-Küste von Kypros (Zypern), soll die schaumgeborene Venus zuerst an Land gegangen sein. – Knidos liegt am Ende der karischen Chersonesos, der Südwest-Spitze Kleinasiens. – Die Insel Kythera befindet sich vor der Südost-Spitze der Peloponnes.

4 Mit *pulvinar* wurde das Kissen oder Bett bezeichnet, auf dem beim *lectisternium* (Götterbewirtung) die Götterbilder bzw. -symbole lagen. Vor das Polster wurde ein Tisch mit den Opferspeisen für den Gott hingestellt.

5 *Rerum naturae:* wohl deutliche Anspielung auf den Titel (vgl. die Verse 21,25) des Lehrgedichts von Lukrez, in dessen Prooemium des I. Buches Venus als Mutter des römischen Geschlechts und Erzeugerin aller lebendigen Wesen gefeiert wird. *Alma Venus:* auch Lucr. rer. nat. I 2.

6 Anspielung auf das Paris-Urteil. Paris, Sohn des Priamos und der Hekuba, wurde wegen eines unheilverkündenden Traums seiner Mutter nach der Geburt von einem Hirten auf dem Berg Ida bei Troia ausgesetzt; doch nach einigen Tagen erbarmte sich dieser des Kindes, brachte es auf sein Gehöft und

zog es daselbst auf. Paris verlebte seine Jugend als Hirte (daher: *pastor ille*). Als er später – nach der Wiedererkennung durch die Eltern – seine Herden auf dem Ida hütete, wurde er von den drei Göttinnen Juno, Minerva und Venus aufgefordert, zu entscheiden, wer die Schönste unter ihnen sei. Seine Wahl fiel auf die Göttin der Liebe. In met. X 30–32 beschreibt Apuleius höchst anmutig einen Pantomimus, der die Schönheitskonkurrenz und die Wahl des Paris darstellt.

7 Es handelt sich um Eros, von den Römern »Amor« oder »Cupido« genannt, den Sohn des Ares und der Aphrodite.

8 Die Beschreibung dieses glänzenden Meergefolges der Venus scheint durch Bilder aus hellenistischer Zeit inspiriert zu sein. Erneut treten die Verbindungen der Venus zum Meer zutage (vgl. Anm. 2). – Die Nereiden, die 50 Töchter des Meeresgreises Nereus und der Okeanide Doris, waren freundliche Meeresnymphen, die die Seeleute durch Spiel und Tanz erheiterten und ihnen in Seenot halfen. – Portunus, ein altrömischer Gott, war Beschützer der Türen und Häfen (*porta* und *portus* unterschieden sich der Bedeutung nach ursprünglich nicht). Später wurde er mit Palaimon (Melikertes) gleichgesetzt, dem Sohn der Leukothea (Ino), die sich miteinander ins Meer stürzten, um der Raserei ihres Vaters bzw. Gatten Athamas zu entgehen. Hier ist Portunus als Mann, Palaimon als Kind dargestellt. – Salacia, ebenfalls römischen Ursprungs, erscheint im Kult meist als Gattin des Neptunus. – Die Tritonen (ursprünglich nur *ein* Triton, Sohn des Poseidon und der Amphitrite, ein Meeresgott, halb Mensch, halb Fisch), bildeten das männliche Gegenstück zu den Nereiden.

9 In Didyma, 20 km südlich von Milet in Kleinasien, stand ein berühmter Apollontempel, eine das ganze Altertum hindurch vielbesuchte Orakelstätte.

10 Apuleius bezeichnet sich hier als *conditor Milesiae* (sc. *fabulae*), als Verfasser einer aus Milet stammenden Novellistik heiter-frivolen, erotischen Inhalts, als deren Urheber Aristeides von Milet (um 100 v. Chr.) mit seinen *Milesiaca* gilt (erhalten ist davon nur ein einziges Wort). Im ersten Satz seiner *Metamorphosen* kündet Apuleius an, er werde in milesischem Stil *(sermone Milesio)* einen bunten Kranz von Geschichten flechten *(varias fabulas conseram)*. Die Antwort auf die Frage,

warum der griechische Apollo hier lateinisch spricht, ist umstritten: Robertson/Vallette, T. 2, S. 37: »Simple manière de dire que l'auteur de la milésienne latine que sont les *Métamorphoses* [...] traduit l'oracle en latin.« Wahrscheinlich handelt es sich um einen Scherz: um Apuleius die Aufgabe zu erleichtern, antwortete der Grieche Apollo mit einem lateinischen Orakel. – Scharf verwirft Reitzenstein (1912, S. 128 f.) diese Auffassung. Das Wort *conditor* bezeichne hier nicht den Verfasser einer *Milesischen Geschichte*, sondern den Begründer der ganzen Gattung: »*Milesiae conditor* ist für den Römer Sisenna« [er übersetzte die *Milesischen Geschichten* des Aristeides im 1. Jh. v. Chr. ins Lateinische. Aus seinen *Milesiae* sind nur zehn kurze Bruchstücke erhalten; dieses Werk bildete wahrscheinlich Apuleius' stilistische Hauptquelle]; »seinetwegen, um ihn einst zu inspirieren, hat Apollo selbst Latein gelernt und verwendet es jetzt *ihm* zu Ehren [...]. Wenn der griechische Dichtergott nachträglich Latein lernt – übrigens genau, wie Apuleius selbst es getan hat –, so erkennt er doch wohl die lateinische Dichtung als gleichberechtigt an, und wenn der *ionische* Gott Sisenna zu Ehren diese Sprache spricht, so soll er damit vielleicht ausdrücken, daß die Ἰωνικοὶ λόγοι, wie sie Aristeides bot, durch Sisenna zu einer besonderen Literaturgattung geworden sind.«
Gegen Reitzenstein meint Helm (1914, S. 186): »Apoll, obwohl Grieche und Ionier, hat dem Verfasser des Romans zuliebe das Orakel gleich lateinisch gegeben.«

11 Anders bezieht August Rode das Relativpronomen *quo* auf Jupiter: »Jupiter scheuet es selbst, den alle Götter doch fürchten.« Die gleiche Interpretation läßt Vallettes Übersetzung erkennen.

12 Die nach der im Westen Kleinasiens gelegenen Landschaft Lydien benannte Trauertonart. Die verschiedenen Weisen hat Apuleius selbst charakterisiert (flor. 4,1): »Aeolion simplex sive Iastium varium seu *Ludium querulum* seu Phrygium religiosum seu Dorium bellicosum.«

13 Beim Mahle pflegten sich die Römer der Triklinien zu bedienen, d. h. der drei, um drei Seiten eines meist quadratischen, seltener runden Tisches aufgestellten Speisesofas (kline, *lectus*), auf deren jedem drei Personen sich lagern konnten und nach denen die Speisezimmer ihren Namen bekommen hatten

(vgl. met. V 15,1). – In der Kaiserzeit trat an die Stelle der drei *lecti* ein einziges halbkreisförmiges *(semirotundus)* Lager, das nach der späteren Halbmondform des griechischen Buchstabens »Sigma« hieß (vgl. Blümner, 1911, S. 387 ff.).

14 *Manus istas:* es ist natürlich von den Händen der sprechenden Schwester die Rede. Von einem klassischen Autor erwartete man *has*. Man kann zwar *istas* erklären mit »die Hände da, die du siehst«, doch braucht Apuleius *iste* durchaus als Pronomen der 1. Person. Er verwendet *iste* auffällig häufig (vgl. Robertson/Vallette, T. 2, S. 49, Anm. 1).

15 *Lamia*, die »Verschlingerin«, war im griechischen Volksglauben ein Vampir von grausiger Gestalt. Von Hera mit Wahnsinn geschlagen, da sie die Geliebte des Zeus war, tötete sie ihre eigenen Kinder. Aus Kummer verlor sie ihre Schönheit und raubte die Kinder anderer Mütter.

16 *Furiae* ist die lateinische Bezeichnung der griechischen Erinnyen. Es sind Rachegöttinnen, schreckenerregende Wesen, deren Behausung in der Unterwelt liegt. Sie schreiten mitleidslos gegen jeden Frevel ein, besonders dort, wo die Untat menschliches Maß überschreitet oder unter den Menschen kein Rächer vorhanden ist.

17 Die Sirenen sind göttliche Mischwesen aus Vogel- und Mädchenleibern, die die Seefahrer mit ihren Liedern betörten. Am bekanntesten ist das Schiffermärchen der *Odyssee* (12,39 ff. 158 ff.): von ihrer Insel aus lockten die zukunftswissenden Sirenen (bei Homer zwei, bei andern Autoren drei) vorüberfahrende Seeleute mit hellem Gesang an, um sie zu töten. Sie sind von einem großen Haufen Knochen verfaulter Männer umgeben. Odysseus entrinnt auf Rat der Zauberin Kirke dem Unheil, indem er seinen Gefährten die Ohren mit Wachs verstopft und sich selbst an den Mast des Schiffes fesseln läßt. Im Gegensatz zur Apuleius-Stelle erheben die Sirenen bei Homer ihren betörenden Gesang nicht von einer Klippe aus, sondern von einer mit Wiesen bedeckten Insel.

18 Obwohl das Orakel in Didyma erteilt worden ist (met. IV 32,5; vgl. Anm. 9), wird es hier *sors Pythica* genannt, was eigentlich nach Delphi verweist, denn Pytho hieß die Gegend, in welcher die Orakelstätte Apollos lag. Aber *Pythicus* heißt ohne Rücksicht auf die Herkunft »apollinisch«.

19 Ambrosia (»Unsterblichkeit«) und Nektar, Speise und Trank

der olympischen Götter, bewirkten bzw. erhalten die Unsterblichkeit. Ambrosia kann auch, wie hier die Göttersalbe, ein Duftöl bezeichnen. In met. VI 23,5 meint es den Göttertrank. Ursprünglich sind Nektar und Ambrosia dasselbe (vgl. Hom. Od. 9,359).

20 Pan, arkadischer Hirtengott, hat Füße und Kopf eines Bocks, später allerdings einen Menschenkopf mit Bocksbart und Hörnern. Als Bockswesen erscheint er oft mit Satyrn und Silenen im Gefolge des Dionysos. Gern stellt er, seinem lüsternen Wesen entsprechend, den Nymphen nach. Wenn in sommerlicher Mittagsstille Mensch und Tier ruhen, erschreckt sie Pan oft durch sein überraschendes Erscheinen (panischer Schrecken). Er gilt als Erfinder der Syrinx (Panflöte). Die schöne Bergnymphe Echo, der an unserer Stelle Pan Gesangsstunden erteilt, verliert als Strafe für ihr endloses Geschwätz ihre Sprache insoweit, als sie nur die letzten Worte eines Redenden wiederholen kann. Als Narcissus ihr Liebeswerben abschlägt, magert sie zu einem Knochengerüst ab, bis ihr Gebein zuletzt in Felsen verwandelt wird und nur die Stimme übrigbleibt.

21 *Tibique res tuas habeto* ist die offizielle Scheidungsformel; vgl. Plaut. Amph. 928: *Valeas, tibi habeas res tuas, redde meas.* Wie manche Stelle in seinem Werk beweist, kannte Apuleius das römische Recht sehr gut: vgl. Norden (1912), wo S. 119 auch unsere Stelle behandelt ist.

22 Die *confarreatio* ist die feierliche Eheschließung sakralen Charakters unter Patriziern – hier zwischen einem Göttersohn und einer Königstochter – im Beisein von zehn Zeugen und den beiden obersten Priestern, dem *pontifex maximus* und dem *flamen dialis.* Ihren Namen verdankt sie dem dabei als Opfer dargebrachten Speltkuchen, dem *libum farreum.* Gegen Ende der Republik kam sie außer Gebrauch, in späterer Zeit begegnet sie nur noch bei Priestern (vgl. Blümner, 1911, S. 347 ff.; RE IV, 862 ff.).

23 »Die von Amor angedrohte Bestrafung der neidischen Schwestern vollzieht also gar nicht er, wie man nach 24,5 vermuten müßte, sondern die sonst so harmlose Psyche« (Helm, 1956, S. 366). Aber vielleicht darf man die Worte nicht pressen: die Schwestern werden von Amor bestraft durch den listigen Schwindel Psyches. »Er wirkt ja auch dabei mit, insofern er

Zephyrus keinen Befehl gibt, sie wie früher vom Felsen hinabzutragen« (Helm, 1914, S. 221).

24 Wie hier die Möwe, so spricht VI 10 die Ameise, VI 15 der Adler, VI 12 das Schilfrohr, VI 14 das Wasser, VI 17 der Turm.

25 Die Nymphen sind menschengestaltige, weibliche Naturdämonen. Nach den verschiedenen Bereichen der Natur, die sie durchwirken, unterscheidet man Najaden (Nymphen der Quellen und Gewässer), Oreaden (Nymphen der Bergwälder) und Dryaden (Nymphen der Bäume). – Die Horen verkörpern das Wachsen, Blühen und Reifen in der Natur; als Symbole der Jahreszeiten treten sie, da die Griechen im allgemeinen drei Jahreszeiten annahmen, in der Dreizahl auf. – Die Musen, die Töchter des Zeus und der Mnemosyne (Erinnerung), sind Göttinnen des Gesangs und des Wissens. Die Neunzahl und die Namen stammen von Hesiod (theog. 76–79), ihre Individualisierung ist späthellenistisch. – Die Grazien (bei den Griechen Chariten), meist in der Dreizahl, oft im Gefolge der Venus erscheinend, sind die Personifikationen der Schönheit und Anmut.

26 Norden (1912, S. 74) zitiert mehrere Texte, aus denen hervorgeht, daß dergleichen Adoptionen von Haussklaven in Rom nichts Ungewöhnliches waren. Die Drohung der Venus, ihren ungehorsamen Sohn zu enterben und einen ihrer lieben *vernuli* statt seiner an Kindes Statt anzunehmen, entsprang also, was ihre rechtliche Seite angeht, durchaus nicht der Phantasie des Dichters.

27 Venus droht, ihrem Sohn alles fortzunehmen, was er von ihr aus ihrem Besitz *(bona materna)* zur Benutzung *(ad usus)* erhalten hat. Nichts von dieser Ausrüstung stammt aus dem Vermögen des Vaters *(bona paterna)*. Venus hätte die *supellex* ihres Sohnes nicht antasten dürfen, wenn sie ihm der *Vater* zur Benutzung verliehen hätte, denn auf die *bona paterna* konnte sich die mütterliche Enterbung *(exheredatio)* nicht erstrecken (Norden, 1912, S. 146 f.). Der Sinn dieser Stelle ist: »Du hast alles von mir, daher darf ich's dir wieder nehmen.«

28 Gemeint ist Mars, der allerdings sonst nur als ihr Liebhaber gilt. Gemahl der Venus ist Vulkan.

29 Ceres wird mit der griechischen Göttin Demeter gleichgesetzt. Sie ist eine Erdgöttin, die den Feldern Fruchtbarkeit schenkt und das Getreide wachsen und reifen läßt.

30 Die *cista* ist ein geflochtener, zylinderförmiger Korb, der die heiligen Kultgegenstände der eleusinischen Mysterien enthielt. – Demeter gab Triptolemos ihren von Drachen gezogenen geflügelten Wagen, worin er durch die Lüfte fuhr und Korn säte. Er lehrte die Menschen den Getreidebau. – In der Nähe der Stadt Henna auf Sizilien soll Hades, auf einem vierspännigen Wagen daherfahrend *(currum rapacem)*, Persephone, die Tochter der Demeter, geraubt und in die Unterwelt entführt haben. Auf der Suche nach ihrer Tochter durcheilte Demeter, mit Fackeln in den Händen, die Erde. Ob der Trauer der Göttin erstarb das Wachstum. Um die Menschheit nicht aussterben zu lassen, erhielt Persephone durch Zeus' Vermittlung die Erlaubnis, auf die Oberwelt zurückzukehren, doch unter der Bedingung, ein Drittel des Jahres Hades zu eigen zu sein: in dieser Zeit, vom Spätherbst bis zum Frühlingsanfang im Februar, hört die Vegetation auf. Die *terra tenax* ließ also ihre Beute nicht ganz fahren. – In Eleusis, 20 km westlich von Athen, wurden Demeter und Persephone in berühmten Mysterien verehrt. Durch verschiedene Einweihungsstufen kam der gläubige Myste zur Gewißheit doppelten Segens: reiche Ernte auf dieser Welt und seliges Fortleben im Jenseits.

31 Ceres ist von Jupiter her die Mutter der Persephone. Jupiter wiederum zeugt mit Dione die Venus. Die Tochter der Ceres und Venus haben also den gleichen Vater.

32 Als Kronos' Tochter ist Hera (Juno) einerseits Schwester, andererseits aber gleichzeitig Gattin von Zeus (Jupiter). – Das älteste und berühmteste Hera-Heiligtum auf den griechischen Inseln war Samos. Nach Pausanias (VII IV,4) wurde Hera auf dieser Insel geboren. – Die karthagische Stadtgöttin Tanit wurde mit Juno identifiziert und *Caelestis* oder *Virgo caelestis* genannt. Zum Löwengespann vgl. RE III 1249,55. Wie sehr Juno Karthago schätzte, ist auch aus Verg. Aen. I 15 ff. zu erkennen: »Karthago [. . .] quam Iuno fertur terris magis omnibus unam / posthabita coluisse Samo.« – In der Argolis, am Inachos zwischen Argos und Mykene, lag einer der berühmtesten Heratempel. – Bei den Griechen hieß die Göttin als Eheschützerin Ἥρα ζυγία, welcher die lateinische Bezeichnung *Iuno Iuga* entspricht. Als Εἰλείθυια bei den Griechen, als *Lucina* bei den Römern hilft sie bei den Geburten. – Ein

weiterer Beiname der Iuno ist *Sospita*, als welche sie vor allem in Lanuvium verehrt wurde.

33 Schwiegertochter ist Venus als Gattin des Vulkan, eines Sohnes der Juno.

34 Das römische Recht verbot streng, flüchtige Sklaven aufzunehmen und zu verheimlichen. Vgl. Cod. VI 1,4 *(de fugitivis servis)*: »Quicumque fugitivum servum in domum vel in agrum inscio domino eius susceperit, eum cum pari alio vel viginti solidis reddat.« Ceres (VI 3,2) wie Juno halten sich streng an die Vorschrift des Gesetzes (vgl. Norden, 1912, S. 77 ff.). Daß die Königstochter Psyche von Venus Sklavin genannt wird, entspringt ihrer Willkür, wird aber von niemandem bestritten.

35 Die Tauben waren die heiligen Tiere der Venus. Auch die im folgenden genannten Sperlinge haben eine enge Verbindung zur Göttin (vgl. Sappho fr. 1).

36 Merkur, dem griechischen Gott Hermes gleichgesetzt, ist Herold und Bote der Götter.

37 Merkur, auf dem Berg Kyllene in Arkadien geboren, war Sohn des Jupiter und der Maia; ebenso war Jupiter (mit Dione) Vater der Venus.

38 Murcia war eine römische Göttin sehr alten Ursprungs, der in dem zwischen Palatin und Aventin gelegenen Circus Maximus eine Kapelle geweiht war, und zwar an den südlichen *metae* der Rennbahn, die daher *metae Murciae (Murtiae)* genannt wurden. Neben anderen Deutungen sah man in Murcia eine Umbildung aus ursprünglich Myrtea und Murcia als Myrtengöttin, d. h. entsprechend griechischer Vorstellung, nach der die Myrte der Aphrodite heilig war, wurde Murcia als Venus aufgefaßt. In der Nähe des Circus lag der Tempel des Merkur (vgl. RE XVI, 657 ff.).

39 Die ganze Bekanntmachung ist eine deutliche Nachahmung des Ἔρως δραπέτης (»Der entlaufene Sklave«, Idyll. 1) des Moschos (2. Jh. v. Chr.), worin Aphrodite ihren entwichenen Sohn steckbrieflich suchen läßt und ebenfalls ihren Kuß als Belohnung aussetzt.

40 *Consuetudo*, *Sollicitudo* und *Tristities* (VI 9,3) als Dienerinnen der erzürnten Venus, *Sobrietas* (V 30,3) als ihre Feindin, sind als allegorische Figuren eingeführt. Ebenso personifiziert ist die *Voluptas* (VI 24,4).

41 Diese Ehe ist, römischem Recht entsprechend, ungültig, weil die soziale Gleichheit fehlt (Venus betrachtet Psyche ja als Sklavin), weil keine Zeugen anwesend waren und weil die Zustimmung des Inhabers der väterlichen Gewalt, Jupiters, nicht vorlag. Ohne jeden Einfluß auf die Gültigkeit der Ehe hingegen war der Ort der Eheschließung (vgl. Norden, 1912, S. 101 ff.).

42 Wörtlich: »Aber wenn der Mittag die Glut der Sonne gemildert ... hat.« Diese Aussage ist sachlich unrichtig, *meridies* muß in weiterem Sinn gefaßt sein.

43 Styx (Στυγὸς ὕδωρ, Wasser des Grauens) und Cocytus (Klagestrom) sind Flüsse der Unterwelt. Beim Styx schwören die Götter.

44 Gemeint ist Ganymed, den Zeus, von Liebe entflammt, durch einen Adler entführen ließ, damit ihm dieser, »der Schönste der Sterblichen«, im Himmel als Mundschenk diene.

45 Orkus ist der Herr des Totenreiches, mit dem griechischen Unterweltsgott Pluton gleichgesetzt.

46 Proserpina ist der lateinische Name für die griechische Göttin Persephone (vgl. Anm. 30, 48).

47 Taenarus (griech. Tainaron), Vorgebirge und Stadt an der Südspitze der Peloponnes. Dort dachte man sich den Eingang in die Unterwelt.

48 Dis (= Dives) pater (Nebenform Ditis, vgl. VI 18,6), Unterweltsgott, der mit seiner Gattin Proserpina über die Toten herrschte. Sein Name übersetzt den des griechischen Gottes Plutos/Pluton.

49 Charon war der Fährmann, der die Toten über die Unterweltsströme an das Tor des Hades brachte. Als Fährgeld wurde dem Toten ein Obolos unter die Zunge gelegt.

50 Cerberus, der Wachhund der Unterwelt, den man sich meist dreiköpfig vorstellte, hütete das Tor des Hades.

51 Neben anderer Überlieferung ist Eros (Amor, Cupido) Sohn des Ares und der Aphrodite. Venus nennt Cupidos Vater nicht bei seinem Namen, als sie erklärt, die Eheschließung zwischen Psyche und Cupido sei ohne Zustimmung von dessen Vater vollzogen worden (VI 9,6). VI 22,5 und VI 23,2 verkündet Jupiter, daß er den jungen Gott mit eigenen Händen aufgezogen habe. Das muß aber nicht einschließen, daß er auch sein Vater ist. Der Sohn seiner Tochter Venus ist für

ihn *wie* ein Sohn, eine Art Adoptivsohn. Der Ausdruck *fili* darf nicht wörtlich genommen werden. Reitzenstein (1930, S. 245) übersetzt ihn mit »Herr Junge«.

52 Die *lex Iulia de adulteriis*, im Jahre 17 v. Chr. von Kaiser Augustus erlassen, setzte für beide des Ehebruchs schuldigen Teile eine öffentliche Strafe fest und erörterte zum ersten Mal die ganze Materie strafrechtlich aufs genaueste (vgl. Norden, 1912, S. 61).

53 Die Anrede an die Senatoren, *patres conscripti*, ist witzig auf die Götter übertragen. Wie die Zensoren das *album senatorium*, die Senatorenliste, so führen hier die Musen, als die gelehrten Mitglieder des *theatrum caeleste*, das Verzeichnis der Götter.

54 Wie ein römischer *princeps* kann Jupiter die Standesunterschiede verschwinden lassen und damit den Ehebund mit dem Recht, das unter Vollbürgern gilt, dem *ius civile*, in Einklang bringen (vgl. Norden, 1912, S. 104; Anm. 41).

55 Schilderung einer *confarreatio* (vgl. Norden, 1912, S. 111 f.; Anm. 22). Jupiter amtiert als *pontifex maximus*.

56 Das ist der Ehrenplatz des Sigmas (vgl. Anm. 13), das sog. *dextrum cornu*, der rechte Eckplatz. Jupiter und Juno sitzen auf der linken Ecke und »dann alle Götter dem Rang nach«, nämlich von links nach rechts.

57 Ganymed (vgl. Anm. 44).

58 Liber, ursprünglich italisch-römischer Wachstumsgott, wurde schon seit dem 6. Jh. v. Chr. mit Dionysos-Bacchus gleichgesetzt; er gilt daher meist als Gott der Rebe und des Weines. – Vulkan, früh Hephaistos gleichgesetzt, ist der Gott des Feuers. Burlesk tritt der Feuergott als Koch auf. – Zu den Horen, Grazien und Musen vgl. Anm. 25. – Apollo ist u. a. der Gott der Musik, aller Harmonie und Ordnung. – Die Satyrn sind eine Schar ausgelassener, lüsterner Gesellen, die zum Gefolge des Dionysos gehören. Sie besitzen große Ähnlichkeit mit Pan (vgl. Anm. 20) und spielen wie dieser die Flöte.

59 »So trat Psyche nach altherkömmlichem Brauch in die *manus*, die eheherrliche Gewalt ihres Gatten« (Norden, 1912, S. 112).

Literaturhinweise

Ausgaben

Apuleius: Metamorphosen oder Der Goldene Esel. Lat./Dt. Hrsg. und übers. vom R. Helm. Berlin 1956. [8]1978.

Apuleius Madaurensis: Der Goldene Esel. Lat./Dt. Hrsg. und übers. von E. Brandt. Zum Druck bes. von W. Ehlers. Müchen 1958. Düsseldorf [5]1998.

Apuleius: Fabula de Amore et Psyche. Das Märchen von Amor und Psyche. Mit der Übers. von A. Rode hrsg. und erl. von C. Loehning. München 1980.

Apuleius: Cupid and Psyche. Ed. by E. J. Kenney. Engl./Lat. Cambridge / New York 1990.

Apuleius: The Golden Ass. Transl. with Introd. and Explanatory Notes by P. G. Walsh. Oxford 1994.

Apulée: Les Métamorphoses. Texte établi par D. S. Robertson et trad. par P. Vallette. 3 Tle. Paris 1940–45. Neudr. 1969 ff. [Für die vorliegende Ausgabe wurde benutzt: T. 2, [5]1969.]

Apuleius: Metamorphoseon libri IV–VI. Indroduzione e testo critico di E. Paratore. Florenz 1948. Neudr. 1960.

Apulée: Metamorphoses (IV,28–VI,24). Le conte d'amour et Psyché. Ed., introd. et commentaire de P. Grimal. Paris 1963. (Erasme. Collection des textes latins commentés.)

Als Übersetzung des Gesamtromans in ihrer Art immer noch unübertroffen:

Apuleius: Der Goldene Esel. Übertr. von A. Rode. Hrsg. von H. Rüdiger. Ill. von H. Erni. Zürich 1960.

Die Zitate aus *Apologie* (apol.) und *Florida* (flor.) aus:

Apulée: Apologie/Florides. Texte établi et trad. par P. Vallette. Paris [3]1971.

Sekundärliteratur

Accardo, P. J.: The Metamorphosis of Apuleius: Cupid and Psyche, Beauty and the Beast, King Kong. Madison (N. J.) 2002.

Albrecht, M. v.: Meister römischer Prosa von Cato bis Apuleius. Interpretationen. Heidelberg 1971.

Barié, P. / Eyselein, K.: Amor und Psyche. Ein Liebesmärchen des Apuleius. Vollst. Ausg. mit Komm. Freiburg/Würzburg 1983.

Bettelheim, B.: Kinder brauchen Märchen. Stuttgart 1977. [»Amor und Psyche«: S. 278–282.]

Bieler, L.: Psyches dritte und vierte Arbeit bei Apuleius (1933). In: R. Merkelbach / G. Binder (Hrsg.): Amor und Psyche. Darmstadt 1968. (Wege der Forschung. Bd. 126.)

Blümner, H.: Die römischen Privataltertümer. München 1911.

Callebat, L.: Langages du roman latin. Hildesheim 1998.

Dowden, K.: Psyche on the Rock. In: Latomus 41 (1982) S. 336–352.

Ein Blick auf Amor und Psyche um 1800. [Katalog zur Ausstellung.] Kunsthaus Zürich, 20. Mai – 17. Juli 1994. [Ausstellung und Katalog: P. Lang. Übers. aus dem Frz.: M.-J. Wasmer. Red.: J. Albrecht, R. Bühlmann.] Zürich 1994.

Engelhaaf-Gaiser, U.: Kulträume im römischen Alltag. Das Isisbuch des Apuleius und der Ort von Religion im kaiserzeitlichen Rom. Stuttgart 2000.

Fehling, D.: Amor und Psyche. Mainz 1977.

Franz, M. L. von: die Erlösung des Weiblichen im Manne. Zürich 1997.

Friedländer, L.: Das Märchen von Amor und Psyche (1871). In: Merkelbach / G. Binder (Hrsg.): Amor und Psyche. Darmstadt 1968. (Wege der Forschung. Bd. 126.)

Futre Pinheiro, M. P. / Bierl, A. / Beck, R. (Hrsg.): Intende, Lector – Echoes of Myth, Religion and Ritual in the Ancient Novel. Berlin 2013. (MythosEikonPoisis. Bd. 6.) [Mit umfangreicher Bibliograpie.]

Gollnick, J.: Love and the Soul. Psychological Interpretations of the Eros and Psyche Myth. Waterloo (Ontario, Canada). 1992.

Grimal, P.: Die Bedeutung der Erzählung von Amor und Psyche (1963). In: R. Merkelbach / G. Binder (Hrsg.): Amor und Psyche. Darmstadt 1968. (Wege der Forschung. Bd. 126.)

Harrison, St. J.: Apuleius. Oxford 2000.

Helm, R.: Der antike Roman. Göttingen [2]1956.

– Das »Märchen« von Amor und Psyche (1914). In: R. Merkelbach / G. Binder (Hrsg.): Amor und Psyche. Darmstadt 1968. (Wege der Forschung. Bd. 126.)

Hoevels, F. E.: Märchen und Magie in den Metamorphosen des Apuleius von Madaura. Amsterdam 1979.
Janning, J. / Gobyn, L. (Hrsg.): Liebe und Eros im Märchen. Im Auftrag der Europäischen Märchengesellschaft. Kassel 1998.
Lancel, S.: »Curiositas« und spirituelle Interessen bei Apuleius (1961). In: R. Merkelbach / G. Binder (Hrsg.): Amor und Psyche. Darmstadt 1968. (Wege der Forschung. Bd. 126.)
Lefèvre, E.: Studien zur Struktur der »Milesischen Novelle« bei Petron und Apuleius. Mainz: Akademie der Wissenschaften und der Literatur. Stuttgart 1997.
Megas, G. A.: Das Märchen von Amor und Psyche in der griechischen Volksüberlieferung. Athen 1971. [Aus dem Griechischen übers. von Schwendt/Bertos.]
Merkelbach, R.: Eros und Psyche (1958). In: R. Merkelbach / G. Binder (Hrsg.): Amor und Psyche. Darmstadt 1968. (Wege der Forschung. Bd. 126.)
Merkelbach, R. / Binder, G. (Hrsg.): Amor und Psyche. Darmstadt 1968. (Wege der Forschung. Bd. 126.) [17 maßgebliche Aufsätze zum Thema, aus der Zeit von 1871 bis 1966.]
Mills, M. A.: Cupid and Psyche in Afghanistan. An International Tale in Cultural Context. New York 1978.
Moreschini, C.: Mito di Amore e Psiche in Apuleio. Saggio, testo di Apuleio, traduzione e commento. Neapel 1994.
Münstermann, H.: Apuleius. Stuttgart 1995.
Neumann, E.: Amor und Psyche: Deutung eines Märchens: Ein Beitrag zur seelischen Entwicklung des Weiblichen. Mit dem Text des Märchens von Apuleius in der Übers. von A. Schaeffer. Düsseldorf [9]2000.
Norden, F.: Amor und Psyche, ein Märchen des Apuleius. Hrsg. und erkl. von F. N. Leipzig 1903.
– Apuleius von Madaura und das römische Privatrecht. Leipzig/Berlin 1912.
Reitzenstein, R.: Das Märchen von Amor und Psyche bei Apuleius (1912). In: R. Merkelbach / G. Binder (Hrsg.): Amor und Psyche. Darmstadt 1968. (Wege der Forschung. Bd. 126.)
– Noch einmal Eros und Psyche (1930). In: R. Merkelbach / G. Binder (Hrsg.): Amor und Psyche. Darmstadt 1968. (Wege der Forschung. Bd. 126.)
Riess, W.: Apuleius und die Räuber. Stuttgart 2001.
Steindl, E.: Apuleius. Amor und Psyche. Hrsg. und erkl. von E. St. Paderborn 1957. [Schulkommentar.]
Tasinato, M.: Sulla curiosità: Apuleio e Agostino. Parma 1994.
Zimmermann, M.: Cupid and Psyche. Groningen 1998.

Nachwort

Zu Leben und Werk des Apuleius

Zauberer und Gaukler, Priester und Philosoph, Redevirtuose und Universalgelehrter und, vor allem andern, aber nicht von ihm zu trennen, ein Dichter: das alles war Apuleius, der Verfasser des unsterblichen Märchens *Amor und Psyche*.

Apuleius wurde unter der Regierung des Kaisers Hadrian um das Jahr 125 n. Chr. in der damals blühenden römischen Kolonie Madaura (heute Mdaurusch) geboren. Das Dörfchen liegt im Osten des heutigen Algerien im Landesinnern, nahe der tunesischen Grenze, fast genau südlich der alten Hafenstadt Hippo Regius (des heutigen Bône). Rund 240 Jahre später sollte der größte lateinische Kirchenlehrer, Augustinus, in Madaura die Schulen besuchen. Apuleius' Muttersprache war das Punische; das Griechische und das Lateinische, das in gleicher Weise zu beherrschen sein Stolz war, mußte er als Fremdsprachen erlernen. Apuleius war also Afrikaner. Er entstammte einer wohlhabenden und angesehenen Familie. Sein Vater, der in Madaura alle Ämter bekleidet hatte und schließlich zum höchsten, dem eines *duumvir*, gelangt war, ließ dem Sohn eine vortreffliche Erziehung angedeihen. Nach dem Besuch der Elementarschule an seinem Geburtsort kam Apuleius, wie auch später Augustinus, schon in jungen Jahren nach Karthago, dem geistigen Zentrum Afrikas. Hier studierte er Grammatik und Rhetorik, hier empfing er die Grundlagen seiner späteren philosophischen Bildung. Dieser Stadt und ihren Bewohnern hat er auch fürderhin, als er als begeisternder und begeisterter Redner durch die Lande zog, immer eine fast schwärmerische Anhänglichkeit bezeugt: »Hanc ego vobis mercedem, Carthaginienses, ubique gentium dependo pro disciplinis, quas in pueritia sum apud vos adeptus. Ubique enim me vestrae civitatis alumnum fero, ubique vos omnimodis laudibus celebro [...]« (flor. 18,36). Und noch überschwenglicher: »Carthago provinciae nostrae magistra venerabilis, Carthago Africae Musa caelestis, Carthago Camena togatorum« (flor. 20,10). Die nächste Station seines Bildungsganges war Athen, wo er sich in die Philosophie Platons vertiefte. Indessen wurde hier damals kein reiner Platonismus mehr gelehrt; in die platonische Philosophie waren mystische Züge orientalischer Religiosität eingedrungen. Apuleius selber betont die Nähe zum Pythagoreismus: »Porro noster Plato, nihil ab hac secta vel paululum devius, pythagorissat in plurimis« (flor. 15,26). So ist es nicht verwunderlich, daß sich der wißbegierige Student auf ausgedehnten Reisen in die meisten Mysterien Griechenlands und Kleinasiens einweihen ließ, sei es aus Neugier, sei es aus echtem Streben nach Wahrheit: »Sacrorum pleraque initia in Graecia participavi [...] multiiuga sacra et plurimos ritus et varias cerimonias studio veri et officio erga deos didici« (apol. 55,8 f.). Die eingehende Schilderung des Isiskultes im Schlußbuch seiner *Metamorphosen* wie das Gebet der Psyche an Ceres (met. VI 2,4 ff.) spiegeln, neben vielen anderen Einzelheiten, sicher eigene Erlebnisse. Die Genauigkeit einiger Ortsbeschreibungen seines Romans deutet darauf hin, daß er die von Lucius in Gestalt eines Esels durchirrten Gegenden Thessaliens und Mittelgriechenlands mit eigenen Augen gesehen hat. Auch in seinen Studien zeigte er eine unersättliche »Neubegierde«. Aus den Mischkrügen des Elementarlehrers, des Grammatikers und Rhetorikers hätten die meisten getrunken; er aber habe in Athen noch andere Krüge geleert: »Ego et alias creterras Athenis bibi: poeticae commentam, geometriae limpidam, musicae dulcem, dialecticae austerulam, iam vero universae philosophiae inexplebilem scilicet ⟨et⟩ nectaream« (flor. 20,4). Den faustischen Zug in seinem Wesen teilt Apuleius mit seinem Romanhelden Lucius, der auch alles und jedes erforschen wollte (s. u.). Umfassende Kenntnisse der griechischen Sprache, Vertrautheit mit Platons Philosophie (aber auch anderen Richtungen) und ein enzyklopädisches Wissen (vor allem in naturwissenschaftlichen Dingen, worüber er auch in beiden Sprachen geschrieben hat) brachte der in jedem Sinn Vielerfahrene in seine Heimat zurück. Doch von Hellas ging Apuleius zuerst nach Rom – auch hierin ein Vorläufer des großen Bischofs –, um dort als Jurist zu wirken. Indessen dürfen die Kapitel met. XI 26 ff. nur behutsam autobiographisch verwertet werden. Die Rechtskenntnisse, die Apuleius in unserem Märchen auf Schritt und Tritt an den Tag legt, stammen aus dieser forensischen Tätigkeit in der *sacrosancta civitas*, »der hochheiligen Stadt« Rom (met. XI 26,2).

Apuleius war ungefähr dreißig Jahre alt, als er nach Afrika zurückkehrte. Bald nach seiner Heimkehr widerfuhr ihm ein Ereignis, das ihm die Ehefrau zuführte, ihn aber auch in einen bedrohlichen Prozeß verwickelte. Auf einer Reise nach Alexandrien – er war immer noch *viae cupidus* (apol. 72,5) – erkrankte er im Flecken Oea an der tripolitanischen Küste. Hier wohnte einer seiner ehemaligen athenischen Studienfreunde, Sicinius Pontianus, der ihn aufsuchte und nicht ohne Hintergedanken bestürmte, in das Haus seiner verwitweten Mutter überzusiedeln. Nach seiner Genesung hielt Apuleius in der Basilika von Oea eine seiner Prunkreden, die solchen Beifall fand, daß die Zuhörer sie auswendig lernten und ihm das Bürgerrecht anboten. Nun drang Pontianus in seinen Freund, Aemilia Pudentilla, seine Mutter, zu heiraten. Diese war etwa vierzigjährig und lebte seit vierzehn Jahren als Witwe in bester Vermögenslage. Ihr Schwiegervater hatte ihr unter der Drohung, ihre Söhne zu enterben, ihren Schwager als neuen Gemahl aufzwingen wollen, doch sie hatte sich nicht nötigen lassen. Als sie aber nach dem Tod des Großvaters nicht mehr um das Erbe ihrer Söhne bangen mußte und außerdem ihr Gesundheitszustand sich infolge Fehlens ehelicher Beziehungen immer mehr verschlimmerte, entschloß sie sich auf Anraten der Ärzte, eine neue Ehe einzugehen. Apuleius kam daher wie gerufen. Doch er zögerte ein ganzes Jahr, fürchtete um seine Freiheit, »utpote peregrinationis cupiens impedimentum matrimoni aliquantisper recusaveram« (apol. 73,7), willigte dann aber in die Ehe mit der – weniger wegen ihrer Reize als vielmehr wegen ihrer reich dotierten Schatulle – attraktiven Witwe ein. Darüber war die ganze Verwandtschaft ihres ersten Mannes verständlicherweise äußerst aufgebracht, obgleich Apuleius seine beiden Stiefsöhne überaus großzügig behandelte. Nun wollte es das Unglück, daß Pontianus, der vorübergehend zur gegnerischen Partei gewechselt, sich dann aber wieder mit seinem Freund versöhnt hatte, bald nach der Eheschließung seiner Mutter starb. Die Verwandten bezichtigten Apuleius vor Gericht des Mordes an seinem Stiefsohn, mußten dann aber sogleich die Beschuldigung fallenlassen, als Apuleius eine gerichtliche Untersuchung anstrengte. Dagegen die Anklage wegen Zauberei *(crimen magiae)* hielten sie aufrecht: durch seine Zauberkünste habe Apuleius Pudentilla betört und zur Heirat gezwungen. Die Verhandlung erfolgte an einem Gerichtstag in Sabrata (heute Zowâra), etwa 100 km westlich von Oea, ums Jahr 157/158, unter der Leitung des Prokonsuls von Afrika, Claudius Maximus. Die Anklage war durchaus nicht harmlos, im schlimmsten Fall stand auf Zauberei die Todesstrafe. Die gegnerische Partei sparte nicht mit nichtigsten Beschuldigungen *(oppido frivola)*: Apuleius besitze eine übermenschliche Beredsamkeit, eine für einen Philosophen ungeziemende Haarpracht, habe ein Gedicht auf ein Zahnpulver verfaßt und erotische Verse an Knaben gedichtet, verfüge über einen Taschenspiegel usw. Mit funkelnder Ironie, brillanter Rhetorik und stupendem

Wissen führte er den bösartigen Klatsch mühelos ad absurdum, nicht ohne Behagen und Absicht bei diesen Nebensächlichkeiten verweilend. Wollten die Ankläger im ersten Abschnitt Apuleius als eine in jeder Hinsicht zwielichtige Gestalt verunglimpfen, so kommen sie im Mittelteil auf seine magischen Praktiken zu sprechen. Was man unter einem Magier im Volk verstanden hat, schreibt Apuleius exakt aus: »more vulgari eum isti proprie magum existimant, qui communione loquendi cum deis immortalibus ad omnia quae velit incredibili quadam vi cantaminum polleat« (apol. 26,6). Die lebhafte Verteidigungsrede täuscht nicht darüber hinweg, daß der inkriminierte Poet mit allerlei magischen Praktiken durchaus vertraut war. So bewahrt er allerlei Amulette und Symbole *(crepundia)* als Erinnerungszeichen seiner zahlreichen religiösen Weihen auf, so kennt er die Namen aller berühmten Zauberer. Über die heiklen Anklagepunkte geht er eher flüchtig hinweg, über geringfügige, wie etwa, er habe Fische zu magischen Zwekken gekauft, läßt er sich, auch hier zu gelehrten Zitationen Zuflucht nehmend, aufs breiteste aus. Den Kernpunkt der Anklage, er habe sich Pudentilla durch Magie gefügig gemacht, sucht Apuleius im dritten und letzten Teil vor allem durch das Fehlen eines Motivs zu widerlegen. Er wurde, wie es scheint, freigesprochen, direkt ist darüber in der *Apologie* nichts ausgesagt. Die Torheit der gegnerischen Argumente, die virtuose, nie um ein parierendes Gegenwort verlegene Rhetorik und die allenthalben eingeflochtenen massiven Schmeicheleien an die Adresse des Prokonsuls hatten ihre Wirkung nicht verfehlt.

Nach seinem Freispruch zog Apuleius mit seiner Gattin nach Karthago. Diese vitale Weltstadt empfing den Redekünstler mit offenen Armen; ein großes Publikum lauschte seinen Prunkreden, beste Beziehungen zum Senat und zu den Notabeln der Stadt brachten dem Gefeierten zahlreiche Ehrungen ein, nicht zuletzt wurde er schon zu Lebzeiten mit Statuen bedacht (auch von anderen Städten) und zum

Provinzialpriester *(sacerdos provinciae)* und damit zum Vorsitzenden im Provinziallandtag *(concilium provinciae)* ernannt. Überall, wo er auf seinen Reisen durch die afrikanischen Lande hinkam, erntete er mit seinen öffentlichen Reden begeisterten Beifall. Genaues über seine letzten Lebensjahre wie über das Todesjahr läßt sich nicht ausmachen. Späteren Zeiten erschien Apuleius vor allem als Zauberer und Wundertäter, dessen Mirakel – wie die des berühmten Apollonios von Tyana (1. Jh. n. Chr.) – von Vertretern des Heidentums gegen die Wundertaten Christi ausgespielt wurden.

Über das Leben und Treiben des Apuleius bis zum Zeitpunkt des Prozesses sind wir durch seine Verteidigungsrede, die *Apologie*, recht gut unterrichtet (nach den Handschriften lautet ihr Titel: *Pro se de magia liber*). Die Rede ist wertvoll als biographische Quelle, als bedeutendes Dokument für die Geschichte der Magie und als einzige erhaltene Gerichtsrede der Kaiserzeit. Wenn auch die *Apologie* wahrscheinlich nach dem Freispruch rhetorisch überarbeitet worden ist, so will sie doch in lebendiger Weise den Eindruck naturalistischer Treue erwecken; jedenfalls dürfte die geschriebene von der gesprochenen Rede kaum abweichen. Trotz rhetorischer Exzesse und einfältiger Wortspiele, trotz billiger Argumentation und übertriebener Ausführlichkeit bereitet das Werk dank seiner frischen Unmittelbarkeit, seiner eindrücklichen Charakterzeichnung und nicht zuletzt dank der vielen zum Lachen oder Lächeln reizenden Stellen ein köstliches Lesevergnügen.

23 Exzerpte eines Unbekannten sind unter dem Titel *Florida* (Blumenlese = ἀνθηρά) aus den Prunkreden des Apuleius erhalten, die dem Epitomator in einer vermutlich vom Dichter selbst veranstalteten Ausgabe in 4 Büchern gesammelt vorlagen. Die Stücke stammen aus der Zeit nach dem Prozeß, keines weist über das Jahr 169 hinaus. So unterschiedlich ihre Länge ist, so mannigfaltig ist ihr Inhalt:

Offizielle Komplimente an Prokonsuln, Anekdoten, wie die rührende Erzählung vom Tod des Komödiendichters Philemon, zoologische Exkurse über den Papagei und über das Auge des Adlers, die Hybris des Marsyas und seine Bestrafung, die Reisen des Pythagoras und sein Schweigegebot usw. Bei verschiedenen Gelegenheiten spricht Apuleius in eigener Sache, sei es, daß er sich über seine Kritiker beklagt, das Lob Karthagos und seiner Bewohner singt oder recht unverblümt um die Errichtung einer Statue bettelt. Der Zweck der Sammlung wird nicht recht klar; es sollte wohl die Vorbildlichkeit apuleianischer Redekunst gezeigt werden. In den *Florida* trumpft Apuleius mit einer wahren Orgie aller möglichen Klang-, Stellungs- und Sinnfiguren auf. Diese überbordende Rhetorik mißfällt auf die Dauer, vermag aber den Reiz mancher merk- und überlieferungswürdigen Geschichte nicht aufzuheben. Schon wegen seiner Beiträge zur Biographie möchten wir dieses höchst barocke Werk des Poeten nicht missen.

Vom Hauptwerk des Apuleius, den *Metamorphosen*, dem ersten vollständig erhaltenen antiken Roman, wird noch die Rede sein.

Durch die ganze *Apologie* zieht sich wie ein roter Faden die Entrüstung des Apuleius über die Schmach, die der Philosophie und der Wissenschaft überhaupt mit der Anklage gegen ihn widerfahren sei. Es freute ihn nichts mehr, als wenn man ihn den »platonischen Philosophen« nannte. Apuleius hat folgende *philosophische Schriften* hinterlassen: *De deo Socratis:* ein vulgarisierender Vortrag über die Lehre Platons von den dreierlei Wesen, Göttern, Menschen und Dämonen. *De Platone et eius dogmate:* von den in der Einleitung angekündigten 3 Büchern sind nur 2 ausgeführt, Naturphilosophie und Ethik. Anstelle des fehlenden 3. Buches bieten die Handschriften das vermutlich unechte Buch *peri hermeniae.* Schließlich ist noch eine freie lateinische Bearbeitung der pseudo-aristotelischen Schrift περὶ κόσμου unter dem Titel *De mundo* auf uns gekommen. Ein eigenständiger Philosoph war Apuleius nicht. Er war in seinen philosophischen Schriften, was er auch sonst war, Sophist und Rhetor, Kompilator und Transformator, der Darstellung, nicht wissenschaftlicher Forschung verpflichtet.

Dies sind die überlieferten Schriften. Zahlreicher sind die Werke, die uns nur in kleinsten Bruchstücken, häufiger aber nur dem Titel nach bekannt sind. Nach eigenen Worten pflegte er alle Gattungen der *Poesie*: »Canit enim Empedocles carmina, Plato dialogos, Socrates hymnos, Epicharmus modos, Xenophon historias, Crates satiras: Apuleius vester haec omnia novemque Musas pari studio colit« (flor. 20,5 f.). Die geringen uns erhaltenen Fragmente seiner Muse erlauben uns kein schlüssiges Urteil über seine poetische Begabung.

Die nicht wenigen Titel sonstiger Werke, hauptsächlich *naturwissenschaftliche Disziplinen* betreffend, beweisen ein weiteres Mal seine universellen Interessen. Apuleius wollte mit der Kraft seines Geistes alles durchdringen, alles wissen, alles verstehen. Lucius im Eselsroman und der Mann aus Madaura waren beide von der gleichen unheilbaren Krankheit besessen, der »curiositas«, der Neugierde.

Die »Metamorphosen«

Das Märchen von *Amor und Psyche* ist nicht etwa selbständig überliefert, sondern bildet innerhalb des 11 Bücher umfassenden Romans *Metamorphosen* (oder, wie ihn Augustinus – civ. XVIII 18 – bewundernd nennt, *Asinus Aureus, Der Goldene Esel*) nur eine, wenn auch die umfangreichste und durch ihre Stellung in der Mitte (IV 28 bis VI 24) ausgezeichnete Einlage. Die *Metamorphosen* sind die abenteuerliche Geschichte eines jungen Mannes, Lucius aus Korinth; wie Encolpius im *Satyricon* oder Simplizius im *Simplicissimus* berichtet der Held seine wunderbaren Erlebnisse selber.

Auf einer Geschäftsreise kommt Lucius ins alte Zauberland Thessalien, aus dem seine Mutter stammt. Er trifft auf zwei Wanderer, deren einer ihm grause Spukgeschichten berichtet, die in Hypata sich zutrugen, der Stadt, der er zustrebt. Lucius glaubt diesen Erzählungen aufs Wort. Ohnehin von Natur aus allem Wunderlichen und Geheimnisvollen zugetan, brennt er darauf, dem Hexen- und Zauberwesen selber nachzuspüren. Er gerät an die rechte Stelle, denn die Frau seines Gastfreundes Milo, Pamphile, ist eine verrufene Zauberin. Die besorgte Warnung einer Jugendfreundin seiner Mutter, sich vor den Künsten seiner Wirtin ja in acht zu nehmen, reizt nur seine Neugier. Bei einem Gelage erzählt ein Teilnehmer, wie er in Larissa in Thessalien sich zur Nachtwache bei einem Toten verdungen habe, wie Vampire ihm dabei in Verwechslung mit dem Leichnam, weil gleichen Namens, Nase und Ohren abgeschnitten hätten und wie der Tote durch einen ägyptischen Priester, zur Bezeugung seiner Ermordung durch die eigene Gattin, ins Leben zurückgerufen worden sei. Wie er schwerbezecht von dieser Gesellschaft nach Hause wankt, bemerkt Lucius drei Räuber, die gerade gegen die Tür seines Quartiers stürmen; kurzentschlossen ersticht er die Banditen. Am andern Morgen wird er deshalb festgenommen und des dreifachen Mordes angeklagt. Im Beisein einer gewaltigen Zuschauermenge, die merkwürdigerweise unentwegt lacht, wird dem in Todeskampf Schwebenden im Theater der Prozeß gemacht. Eine unerbittliche Anklagerede prasselt auf ihn ein, wortreich und hilflos plädiert Lucius auf Notwehr. Schon werden Folterwerkzeuge herbeigeschleppt, um die Mittäter ausfindig zu machen. Doch erst muß der Todgeweihte die Decke von den drei Leichen abnehmen. Welche Überraschung! Statt der Erstochenen liegen drei aufgeblasene Ziegenschläuche aufgebahrt; durch Schlauchmord, nicht durch Menschenmord hatte Lucius gefrevelt! Das Ganze war ein Jux gewesen, den sich die übermütigen Bürger von Hypata zu Ehren des Gottes Risus ausgedacht hatten und an dem die zauberkundige Pamphile nicht unbeteiligt gewesen war.

Dadurch wird des jungen Mannes heißes Verlangen, die Zauberei kennenzulernen, nur noch mehr gesteigert. Photis, die Magd der Pamphile, mit der ihn leidenschaftliche Liebe verbindet, erfüllt ihm seinen Wunsch. Sie zeigt ihm durch eine Türritze ihre Herrin, wie sie sich durch Bestreichen mit einer Salbe in einen Uhu verwandelt und davonfliegt. Nun kann Lucius nicht mehr an sich halten: auch er möchte in einen Vogel umgestaltet werden. Unglücklicherweise vergreift sich Photis in den Salbbüchsen, und der Ärmste bemerkt zu seinem Schrecken, daß er die Gestalt eines Esels angenommen hat. Nur durch das Knabbern von Rosen kann er seine frühere Gestalt wiedererlangen, aber da im Augenblick keine zur Hand sind, führt ihn die Magd für eine Nacht in den Stall, wo ihn das eigene Reitpferd, der Esel des Milo und sein Knecht übel traktieren. Da brechen plötzlich Räuber ins Haus ein, plündern es, packen das Raubgut dem Esel und den übrigen dort stehenden Tieren auf und stehlen sich fort in die Berge.

Damit beginnt die leidvolle Odyssee des neugierigen Lucius, der zwar ganz Gestalt, Gebärden und Stimme des Grautiers angenommen, aber Bewußtsein, Denkfähigkeit und Empfindung des Menschen behalten hat (Max Frischs *Gantenbein*, ein moderner Lucius: beide, der scheinbar Blinde wie der vermeintliche Nur-Esel, sind scharfe Beobachter ihrer Umwelt, die glaubt, sich vor ihnen ungeniert aufführen zu dürfen; vgl. met. IX 13,3). Arg geschunden und mehr als einmal haarscharf um die erlösenden Rosen geprellt, schleppt die Räuberbande das Langohr alias Lucius in eine abgelegene Höhle, wo sich die Banditen mit üppigem Schmaus und wechselseitigen Berichten über ihre tollkühnen, nicht unblutigen Raubzüge die Zeit verkürzen. Am nächsten Morgen bringen sie ein schönes junges Mädchen aus vornehmster Familie, Charite, ins Lager, das sie mitten in den Zurüstungen zur Hochzeit den Armen der Mutter

entrissen haben und für das sie nun ein Lösegeld erpressen wollen. Die alte Wirtschafterin der Schurken sucht die unablässig weinende Gefangene in ihrem Gram zu trösten und erzählt ihr zu diesem Zweck das Märchen von *Amor und Psyche.* Auch unser Esel hört mit Entzücken zu, aber durch Todesdrohungen geschreckt, benützt er die Abwesenheit seiner Peiniger zur Flucht. Auf seinem Rücken sucht Charite ebenfalls das Weite. Doch zu ihrem Pech laufen sie ihren heimkehrenden Herren direkt in die Arme, und nun droht schauerliche Strafe: der Esel soll abgestochen und ausgeweidet und das Mädchen, nackt in seine Haut eingenäht, der glühenden Sonne, Hunden, Geiern und quälendem Hunger preisgegeben werden. Doch noch zur rechten Zeit wird das Unheil abgewendet: Tlepolemus, der Verlobte der Entführten, erscheint im Lager. Er gibt sich als berühmter Räuber aus, und seine hühnenhafte Gestalt, seine Freigebigkeit und seine eindrücklich geschilderten Heldentaten bestimmen die Rotte, ihn einmütig zu ihrem Hauptmann zu wählen. Beim anschließenden Festmahl macht er die Kerle stockbesoffen und fesselt sie. Geschwind setzt der siegreiche Retter seine Braut auf den Esel und eilt mit ihr glücklich Heimatstadt und Hochzeit entgegen.
Nun sieht es aus, als würden für den grauen Vierbeiner goldene Tage anbrechen, denn zum Dank für die Hilfe bei der Befreiung werden ihm die Weiden vor der Stadt als Tummelplatz zugewiesen. Doch neue Qualen warten auf ihn. Bei elendem Futter muß er unter der Fuchtel der gewinnsüchtigen Gattin des Gestütmeisters den Mühlstein drehen, wird auf der Koppel von eifersüchtigen Hengsten fast in Stücke gerissen und von einem wahren Teufel von Treiber sadistisch gemartert. Entmannung und Tod drohen, da erscheint ein Diener der Charite aus der Stadt und erzählt die herzzerreißende Geschichte vom unseligen Ende seiner jungen Herrschaft. Das Gesinde rafft daraufhin Hab und Gut zusammen und gelangt nach einer Flucht voll blutiger Zwischenfälle in eine größere Stadt, wo der Esel

an einen Bettelpriester der syrischen Göttin verschachert wird. Er muß nun mit den heuchlerischen Pfaffen, die in Wirklichkeit geile Almosenjäger sind, durch die Gegend ziehen und ihre Perversitäten und Gaunereien mitansehen. Da er einmal seinen Abscheu darüber allzu laut äußert, kommen Männer aus dem Nachbardorf hinzu und ertappen die gleisnerischen Frömmler mitten in ihrem unzüchtigen Treiben. Die Wut der Entlarvten ist so groß, daß sie den Esel halbtot schlagen. Anschließend wäre er beinahe als Ersatz für eine entwendete Hirschkeule im Topf eines verzweifelten Kochs gelandet und, kaum diesem Verhängnis entronnen, wegen vermeintlicher Tollwut hingemetzelt worden. In einer Herberge dürfen sie der frivolen, von Boccaccio aufgenommenen Faßgeschichte lauschen (met. IX 5–7 = Decam. VII 2), womit die Parade der Ehebrecherinnen in diesem Abschnitt des Romans eindrucksvoll eröffnet wird.

Als die Priester wegen Diebstahls festgenommen werden, kommt der tiergestaltige Lucius in den Besitz eines Müllers, dessen arglistige Gattin munter Ehebruch treibt und sich freche Ehebruchsgeschichten mit Entzücken anhört. Nach dem gräßlichen Tod seines Meisters ersteht ihn ein bitterarmer Gärtner. Elende Kost, schneidende Kälte und ein grausiger Bericht vom Auslöschen einer ganzen Familie setzen unserem unbestechlichen Beobachter arg zu. Durch Vorwitz bringt er seinen Herrn um den Kopf, sich aber in die Hand eines Soldaten. In einem nahen Städtchen wird ihnen die Missetat einer Frau erzählt, die selbst Phaedras Verfehlung in den Schatten stellt. Der Kriegsmann verkauft seinen Gefährten an zwei Brüder, die als Konditor und Koch einem schwerreichen Herrn dienen. Als diese entdecken, daß der Esel in ihrer privaten Speisekammer von Fleischgerichten und leckerem Zuckerwerk, Resten von der herrschaftlichen Tafel, wie ein Mensch zu naschen liebt, brechen sie in ein gewaltiges Gelächter aus, das auch dem Herrn zu Ohren dringt. Er kauft den beiden den Feinschmecker ab und läßt ihn zu allerlei aufsehenerregenden Kunststücken abrichten. Weil der Esel die sodomitischen Wünsche einer vornehmen Frau, einer zweiten Pasiphae, geschickt erfüllt, soll er sich im Amphitheater von Korinth mit einer zum Tode verurteilten fünffachen Giftmörderin öffentlich paaren. Ein anmutiges Ballett, die Paris-Wahl darstellend, versetzt das Publikum in die rechte Stimmung. Im letzten Moment entrinnt der Vieldulder seinem abgeschmackten Auftritt und läuft nach Kenchreai am saronischen Golf, wo er sich am Strand ermattet niederlegt und einschläft. Im Traum erscheint ihm Isis, und aus Erbarmen mit seinen Leiden weist sie ihm den Weg zur Erlösung. Ihrem Geheiß gemäß schließt er sich am nächsten Tag der zu Ehren der Göttin stattfindenden Prozession an, nähert sich dem Priester und frißt ihm das funkelnde Gewinde aus köstlichen Rosen aus der Hand. Im Nu erhält er seine menschliche Gestalt zurück, widmet sich nach dem Gebot der Göttin mit ganzer Seele ihrem heiligen Kultdienst und wird mit feierlichen Riten in ihre Geheimnisse eingeweiht. Auf ihre Eingebung hin fährt Lucius zu Schiff nach Rom, wo er durch die nächtlichen Mysterien des Götterfürsten Osiris erleuchtet und in einer dritten Weihe in das oberste Priesterkollegium dieses Gottes aufgenommen wird.

So weit die Inhaltsangabe; sie bezweckt, dem Leser dieses Bändchens die Umgebung und Stimmung vorzuführen, in welche das Märchen von *Amor und Psyche* eingebettet ist, und will ihn zur Lektüre des ganzen Werkes verlocken. Eine ausführliche Interpretation des Romans kann an dieser Stelle nicht gegeben werden. Ein paar erläuternde Hinweise zu Geschichte, Form, Motiven und Menschenzeichnung müssen genügen.

Wann Apuleius den *Goldenen Esel* geschrieben hat, läßt sich nicht sicher bestimmen. Rudolf Helm hat als Entstehungszeit frühestens 169 bis 177 errechnet. Feststehen dürfte, daß die *Apologie* dem Roman zeitlich vorangeht, denn die Prozeßgegner hätten sich kaum die Gelegenheit nehmen lassen, das von Magie durchdrungene Werk, das auch als persönliches Bekenntnis ausgelegt werden konnte, gegen den Dichter auszuschlachten.

Kurz vor dem Roman des Apuleius war unter dem Titel ΛΟΥΚΙΟΣ Η ΟΝΟΣ *(Lukios oder Der Esel)* eine stark verkürzte *griechische Fassung* desselben Stoffes entstanden, die den Schriften des Satirikers Lukian (etwa 120–180 n. Chr.) untergeschoben wurde, ihm aber aus sprachlichen Gründen abzusprechen ist. Sowohl der Roman des Apuleius wie die pseudolukianische Version gehen auf eine gemeinsame griechische Quelle zurück, die *Verwandlungen in mehreren Büchern* (μεταμορφώσεων λόγοι διάφοροι) eines gewissen *Lukios von Patrai*. Dieses Werk, das noch im 9. Jahrhundert dem Patriarchen Photios vorlag, ist für uns verloren. Wir wissen nicht, ob der Name des Verfassers echt oder vom Romanhelden auf ihn übertragen wurde. Die Übereinstimmungen im Handlungsgerüst zwischen den beiden erhaltenen Fassungen bezeugen, daß sich beide Erzähler eng an ihre gemeinsame Vorlage gehalten haben müssen. Doch wo beim Afrikaner jede Zeile Leben atmet und kaum zu bändigende Fabulierlust verrät, gibt der Grieche eine kurze, trockene, schwerfällige, oft den Handlungsgang plump begründende Inhaltsangabe, ohne Witz, Humor und Ironie. Vor allem fehlen bei Pseudolukian jene zahlreichen novellenartigen Einlagen, die den besonderen Reiz des *Goldenen Esels* begründen, so auch das Märchen von *Amor und Psyche*. Wie weit Apuleius dabei jeweils aus den *Metamorphosen* des Lukios von Patrai oder aus anderem griechischem Erzählgut schöpft, ist, da die Vorlage fehlt, nicht auszumachen.

Ganz Apuleius' Eigentum ist der mit autobiographischen Elementen durchsetzte *Schluß des Romans*, das sogenannte »Isis-Buch« (Buch XI). Die übermütige Eselsposse klingt im verzückten Preis der erlösungbringenden Isis und ihrer heiligen Mysterien aus; die tiefe Ehrfurcht des angehenden

Mysten und die mit allem rhetorischen Zierat durchkomponierten hochfeierlichen Gebete schaffen eine gegenüber dem burlesken und frivolen Ton der ersten zehn Bücher grell sich abhebende weihevolle und ernste Stimmung, die sicher eigene religiöse Erfahrung des Autors widerspiegelt. In der pseudolukianischen Erzählung hingegen fügt sich der Schluß ungezwungen und stimmig an die vorausgehenden, ja auch nicht gerade zimperlichen Kapitel: Lukios hat schon das im Amphitheater hergerichtete Bett bestiegen, um sich der verurteilten Weibsperson in Liebe zu gesellen, da erblickt er im Korb eines im Zuschauerrund herumgehenden Mannes Rosen, rennt auf sie zu, frißt sie und wird wieder zum Menschen. Entsetzen ergreift die Anwesenden; die eine Partei will den Verwandelten gleich wegen Zauberei verbrennen, die andere will warten, bis die Sache gehörig untersucht sei. Zum Glück ist unter den Schaulustigen auch der Provinzstatthalter, der ihn, da er Lukios' Familie gut kennt, von allem Vorwurf der Zauberei freispricht. Vor dem Verlassen der Stadt hält er es für eine Art von Schuldigkeit, der Dame, die ihn als Esel so brünstig geliebt hatte, seine Aufwartung zu machen, in der Meinung, daß sie an ihm nun als Menschen erst recht Gefallen finden werde. Er wird mit ausgesuchter Höflichkeit empfangen und bedient; wie aber die Frau, die nur auf die Stillung ihrer sodomitischen Gelüste aus gewesen war, bemerkt, daß ihrem Galan das ihr ach so teure Eselssymbol mit der Rückverwandlung abhandengekommen ist, jagt sie ihn schnurstracks von ihrer Schwelle. Am folgenden Morgen segelt Lukios nach Hause.

Neben den Erweiterungen und Einlagen und dem völlig anderen Schluß hat Apuleius auch zahlreiche *sprechende Personennamen* eingeführt, wo sie, nach Pseudolukian zu schließen, in der Vorlage fehlen oder neutrale Färbung besitzen. So heißt z. B. die Jungfrau, die mit Lucius aus der Höhle flieht, Charite, die »Reizende«, ihr Bräutigam Tlepolemus, der »ausdauernde Kämpfer«, und der von ihm fingierte Räuber Haemus, der »Blutige«. Wie gern Apuleius *römisches Kolorit*, besonders, wenn es der Rechtssphäre entstammt, einfließen läßt, erkennen wir schön auch im Psyche-Märchen.

Bei Apuleius wie bei Pseudolukian berichtet der Held seine wunderbaren Erlebnisse selber. Offenbar hatte bereits Lukios von Patrai seine Geschichte in der ersten Person erzählt. Die *Ich-Form* bietet den Vorteil größerer Unmittelbarkeit und Identifikationsmöglichkeit. Nur, was der eselgestaltige Lucius selber erlebt oder gehört hat, kommt zur Darstellung. Das hat manchmal zur Folge, daß recht mühsame und unwahrscheinliche Beglaubigungen der Zeugenschaft dem Esel in den Mund gelegt werden müssen. Neben der Erzählperspektive geht auch der Titel *Metamorphosen* (Verwandlungen) auf den Patrenser zurück. Die Erklärung der Überschrift liefert Apuleius schon im ersten Satz. Der Leser solle staunen über »figuras fortunasque hominum in alias imagines conversas et in se rursum mutuo nexu refectas« (Gestalten und Schicksale von Menschen, die in andere Gestalten verwandelt wurden und durch Rückverwandlung wieder ihr ursprüngliches Aussehen gewannen). Dieser Vorsatz wird zwar nur zum Teil gehalten, erfährt doch mit Ausnahme des Aristomenes (I 12,2) allein Lucius eine Verwandlung *und* Rückverwandlung, während einbahnige Metamorphosen gelegentlich vorkommen. Warum dann der Plural *hominum*? Schuld daran dürfte die Vorlage sein, hat doch Lukios von Patrai nach des Photios Zeugnis »Verwandlungen von Menschen ineinander sowie von Tieren in Menschen und umgekehrt« geschildert (τὰς ἐξ ἀνθρώπων εἰς ἀλλήλους μεταμορφώσεις τάς τε ἐξ ἀλόγων εἰς ἀνθρώπους καὶ ἀνάπαλιν).

Das Wesen der *Komik* dieses Romans beruht darauf, daß sich hinter der Eselshülle menschliches Denkvermögen und Empfinden verbirgt. Lucius erscheint als Tier, denkt und fühlt aber wie ein Mensch. So weint z. B. der Esel über das verzweifelte Schluchzen des geraubten Mädchens (IV 24,3) oder entrüstet sich beim Anblick des Paris-Urteils, nicht ohne seine Anklage mit ausführlichen historischen Reminiszenzen zu beglaubigen, über die Korruption der Richter (X 33,1 ff.). Gelegentlich spielen Personen des Romans mit dem Gedanken, in der Eselshaut stecke ein Mensch. Wenn sich am Schluß des Romans zur Überraschung des Lesers Lucius aus Korinth als »ziemlich mittelloser Mann aus Madaura« zu erkennen gibt, der in Rom recht einträglichen Anwaltsgeschäften nachgeht, so ist diese Identifikation in erster Linie ein Spaß des Apuleius, dann aber auch ein nicht ganz uneitles Siegel seiner Autorschaft und rühmender Ausweis seines Mystenstandes.

Der *Gattung* nach ist der *Goldene Esel* ein Abenteuer- oder Reiseroman, oder, wie Rudolf Helm sagt, ein Sittenroman mit komisch-satirischer Tendenz, nicht ohne Anleihen beim erotischen Roman. Keinesfalls darf von einem Entwicklungs- oder Bildungsroman gesprochen werden, denn Lucius ist noch vor seinem vereitelten Auftritt im Amphitheater von Korinth der ewig gleiche neugierige, lüsterne Spitzbube, dessen Sinn allein nach äußerer Wandlung trachtet, ehe ihm abrupt die Gnade der Isisweihe zuteil wird. Gegenüber allen tiefsinnigen Deutungen des Gesamtromans scheint mir die Auffassung Rudolf Helms ([2]1956, S. 76) zum mindesten immer noch bedenkenswert: »Nicht ohne Grund hat der Verfasser an den Anfang seines Werkes die Worte gesetzt: ›Merk auf, Leser! Du wirst deinen Spaß daran haben.‹ Ehe er im elften Buch auf den Gedanken kam, um des Originellen willen sein eigenes Erlebnis anzubringen und das Religiöse hineinspielen zu lassen, war lediglich Belustigung der Endzweck seiner Darstellung, und das hat er durch die Fülle bunter Bilder und verschiedenster Charaktere durchaus erreicht.« Abgesehen vom Motto *lector, intende: laetaberis* (I 1,6) bezeichnet Apuleius' erster Satz die Absicht des Werkes deutlich genug: »At ego tibi sermone isto Milesio varias fabulas conseram auresque tuas benivolas lepido susurro permulceam« (Nein, ich will dir hier in milesischem Stil einen bunten Kranz von Geschichten knüpfen und deine geneigten Ohren mit anmutigem Säuseln umschmeicheln). Nicht erbauliche Geschichten sollen vorgetragen werden, sondern gepfefferte, pikante und manchmal laszive Histörchen, wie sie Aristeides in seinen verlorenen *Milesischen Geschichten* aufgetischt hatte (vgl. Anm. 10); in lockerem Gefüge aneinandergereiht, wollen sie den Leser nicht belehren oder bessern, sondern unterhalten.

Curiositas, »Neugier«, das Verlangen, »alles oder doch das meiste kennenzulernen« (I 2,6), das Motiv, das bei Apuleius gegenüber Pseudolukian so stark weiterentwickelt ist, führt nicht nur die unfreiwillige Verwandlung herbei, sie ist überhaupt die bewegende Kraft, die den Esel von Abenteuer zu Abenteuer treibt. Sie ist das Hauptkennzeichen seines Charakters, heißt darum auch *familiaris, ingenita* oder auch *genuina.* Nur ein Beispiel (II 1,1 f.); kaum ist Lucius in Hypata angekommen, will er die Stadt besichtigen: »anxius alioquin et nimis *cupidus cognoscendi* quae rara miraque sunt [. . .] *curiose* singula considerabam« (auch sonst voll ängstlicher Unruhe und nur allzusehr darauf *versessen,* außergewöhnliche und wunderliche Dinge *kennenzulernen,* [. . .] nahm ich *neugierig* eins nach dem andern in Augenschein). Ist die Neugier eine innere Triebfeder, so läßt die kaum je freundlich gesinnte *Fortuna (saevissima, insatiabilis, caeca),* von außen her wirkend, den unseligen Lucius nie zur Ruhe kommen.

Apuleius zeichnet ein *düsteres Bild* von Welt und Mensch. Überall lauern Verstellung, Trug, Raub und Mord, teuflische Lust am Quälen und geile Begierde. Selbst das Gelächter ist grausam wie beim Fest des Lachgottes. Die Bosheit menschlichen Herzens wird besonders an den weiblichen Romanfiguren demonstriert: verrucht sind sie alle (von ein paar Ausnahmen abgesehen), schlimmsten Lastern wie Magie, Ehebruch, Mord oder Sodomie mit Wonne frönend.

Das Märchen von »Amor und Psyche«

Das Märchen von *Amor und Psyche* ist seit über hundert Jahren Gegenstand intensiver wissenschaftlicher Forschung. Dabei wurde immer tiefere Einsicht in seine Voraussetzungen und seinen Sinngehalt gewonnen, nicht ohne daß die Diskussion sich manchmal in abenteuerliche Spekulation verlor. Im folgenden Abschnitt soll kurz auf den Rahmen, in den das Märchen eingebettet ist, auf das Motiv der *curiositas* und die wichtigsten Deutungen eingegangen werden. Am Schluß wird die Frage erörtert, ob und wieweit die Erzählung von Amor und Psyche überhaupt ein Märchen sei.
Wie bei der Inhaltsübersicht erwähnt, erzählt ein altes Weib, die Haushälterin der Räuber, das Märchen zur Beschwichtigung der geraubten, in ihrer Verzweiflung unablässig weinenden und durch einen bösen Traum erst recht verstörten Charite (IV 27,8): »sed ego te narrationibus lepidis anilibusque fabulis protinus avocabo. et incipit« (aber ich will dich mit hübschen Geschichten und Ammenmärchen sofort ablenken. Und sie beginnt). Und dann hebt unser Märchen an. Also Zerstreuung, Unterhaltung, nicht Belehrung, Erbauung ist sein Zweck. An seinen Schluß fügt sich die Charakterisierung der Erzählerin, die Wirkung auf den Esel und die Kennzeichnung des Vorgetragenen an (VI 25,1): »Sic captivae puellae delira et temulenta illa narrabat anicula. sed astans ego non procul dolebam mehercules, quod pugillares et stilum non habebam, qui tam bellam fabellam praenotarem« (So erzählte dem gefangenen Mädchen die aberwitzige und betrunkene Alte. Aber ich, der ich nicht weit davon dabeistand, bedauerte, weiß Gott, daß ich Schreibtafel und Griffel nicht bei mir hatte, um das so niedliche Märchen aufzuschreiben). Vom Rahmen her betrachtet, deutet nichts darauf hin, daß Apuleius diesem Abschnitt seines Romans einen tieferen Sinn geben wollte.

Nicht zu übersehen ist die Parallelität zwischen Charites und Psyches Schicksal. Beide werden von ihren Geliebten getrennt, beide nach mannigfachen Fährnissen wieder mit ihnen vereint. Ob diese Übereinstimmung von Apuleius bewußt gesetzt ist, bleibt fraglich.

Ganz deutlich ist das Märchen mit dem übrigen Roman durch das Motiv der *curiositas* verknüpft. Beide, Lucius wie Psyche, erliegen der Neugier, beide müssen sie ihre Wißbegierde in langer Irrfahrt büßen. In Apuleius' Roman sind, wie Serge Lancel (1961, S. 408 ff.) gezeigt hat, zwei verschiedene Arten der *curiositas* zu unterscheiden: ein vom Dichter durchaus positiv bewertetes Streben nach Neuem, der leidenschaftliche Wunsch nach Wissen aller Art (*curiositas nach den mirabilia*), wie er z. B. in der oben zitierten Stelle zu Beginn des zweiten Buches zu erkennen ist, und *curiositas als Hybris*, als vorwitziges, darum der Strafe unterworfenes Begehren, zu sehen, hören und zu berühren, was menschlicher Natur versagt ist. Abgesehen von den Fällen, da *curiosus* »sorgfältig« bedeutet (V 1,3; V 31,5; VI 1,5; VI 21,3), treten *curiosus* und *curiositas* in unserem Märchen nur in negativer Färbung auf. In V 8,3 forscht die eine der Schwestern »satis *scrupulose curioseque*« nach Psyches Gemahl, in V 28,6 brandmarkt der Erzähler die verräterische Möwe als *verbosa et satis curiosa avis.* In allen übrigen Fällen (V 6,6; V 19,4; V 23,1; VI 19,7; VI 20,6; VI 21,4) ist der Begriff im Hinblick auf Psyche verwendet. Neugier verführt sie dazu, Amors Köcher und Pfeile zu betasten (V 23,1), Neugier läßt sie in todähnlichen Schlaf fallen (VI 21,4). Neugier ist auch die Klammer, die das Isisbuch mit den vorausgehenden Teilen verbindet: der Priester der Isis deutet die überstandenen Leiden des verwandelten Lucius als schlimmen Lohn heilloser Neugier: »Luci, [...] *curiositatis* inprosperae sinistrum praemium reportasti« (XI 15,1). Daß Neugier zum Übertreten eines Verbots verleitet, worauf das bisherige Glück sich in Unglück wandelt, ist ein oft verwendetes Märchen-

motiv, z. B. Grimm, *Kinder- und Hausmärchen*, Nr. 3 (»Marienkind«); Nr. 46 (»Fitchers Vogel«).
Die älteste literarische, von Apuleius in seinen *Metamorphosen* überlieferte Form des Märchens hat eine lange und komplizierte Vorgeschichte. Aus der Vielzahl der *Interpretationen* lassen sich drei Hauptrichtungen scheiden: die symbolisch-allegorische Deutung, die mythologisch-literarische Auslegung und die Märchentheorie.
Richard Reitzenstein, der in verschiedenen Aufsätzen – die, wie die Beiträge zu den beiden andern Theorien, im Sammelband *Amor und Psyche* (Merkelbach/Binder, 1968) erschienen sind – aus umfassenden religionsgeschichtlichen Kenntnissen heraus mit großer Akribie den Text von *Amor und Psyche* erforscht hat, nennt als Ursprung der Psyche-Geschichte einen iranischen Schöpfungsmythus, in dem die Hauptrolle einer Göttin »Psyche« zufiel, einem Symbol der menschlichen Seele; sie befindet sich in Streit mit einem bösen Dämon, dem »Fürsten der Finsternis«, der in der hellenisierten Fassung, welcher Apuleius folgte, zu Eros geworden ist. Viele Leiden widerfahren dieser Seele, ehe sie nach einem Abstieg in die Unterwelt, wo sie das »Wasser des Lebens« holt, am Ende ihre wahre Heimat, den »Himmel« der Götter wiederfinden darf. »[...] will Apuleius nicht ein Märchen schlechthin bieten, sondern zugleich eine allegorische Dichtung, [...] *muß* [...] die Erzählung von Amor und Psyche *für ihn* notwendig den Nebenzweck gehabt haben, zu zeigen, wie die *Menschenseele* nach Irrtum und harter Prüfung zu Gott erhoben wird. Aber seltsam: nur die Stellung der Erzählung verrät jetzt diesen tieferen Sinn« (1912, S. 93).
Reinhold Merkelbach hat in seiner Erlanger Antrittsvorlesung (1958, S. 392 ff.) die Geschichte der Psyche durchgehend als heilige Geschichte der Isismysterien gedeutet. Psyche ist die »leidende Isis«, die in langer Irrfahrt die Welt durchwanderte, als sie Osiris suchte, »Venus, das ist Isis-Tyche, die Herrin, die grausam scheint und den

Menschen am Ende doch zur Seligkeit führt, wenn er ihr treu gedient hat«, Eros ist Horos-Harpokrates, der Sohn der Isis und des Osiris. Aus Merkelbachs Identifikation der Psyche-Geschichte mit den Isismysterien seien einige wenige Punkte genannt: Die Hochzeit der Psyche mit Gott ist die Mysterienweihe. Wie Psyche durch ein Orakel zum *funereus thalamus* gerufen wird, so wird der Mensch von Gott zur Weihe geladen. Der Palast des Eros ist das Mysterienhaus. Der Vereinigung von Eros mit Psyche entspricht im Mysterienkult die »Heilige Hochzeit«. Daß Psyche ihren Geliebten nicht sehen darf, hat ebenfalls in der heiligen Weihe seinen Sinn. »Es muß der Initiandin verborgen bleiben, daß ein Priester die Rolle des Gottes spielt. Hier hat also das Motiv seinen ›Sitz im Leben‹. Wenn es auch in Märchentexten vorkommt, so hängen diese in letzter Linie von ähnlichen Kultbräuchen ab.« Die Psyche auferlegte Pflicht zur Verschwiegenheit ist nichts anderes als der Eid des Mysten. Die Schwestern sind die Nicht-Geweihten. Die Lampe *(lucerna)* ist ein heiliges Gerät im Mysterienkult. »Der nächtlichen Szene, in welcher Psyche den Eros beim Schein der Lampe sieht, entspricht die Weihe des Isismysten. Danach wird Psyche von Eros, der Myste von der Göttin getrennt; es folgen die Wanderungen der Psyche, die Irrfahrt des Mysten durchs Leben. Erst nachdem Psyche die Schwelle der Proserpina überschritten hat, wird sie mit Eros vereinigt. Erst nach dem Tode vereinigt der Geweihte sich endgültig mit der Göttin.« Und noch ein letztes: die verschiedenen Büßer, die sich im Hades hilfeheischend an Psyche wenden, verkörpern die Ungeweihten.

Pierre Grimal betont in der Einleitung zu seiner Ausgabe des Märchens (1963, S. 1 ff.), daß auch Platons Dialog *Phaidros* als Quelle unter anderen für die Erzählung des Apuleius angesehen werden kann: »wenn das aber so ist, so kann diese Erzählung keinesfalls nur eine ›hübsche Geschichte‹, ein ›nettes Zaubermärchen‹ sein: der Autor hat vielmehr unter dem Schleier des Mythos eine geistliche Wahrheit ausdrücken wollen«. Schon Fulgentius Planciades hatte im 5. Jh. n. Chr. das Märchen weitgehend allegorisch gedeutet (lat. Text in: Merkelbach/Binder, 1968, S. 435 ff.).

Rudolf Helm (1914, S. 175 ff.) sieht in der Erzählung von Psyche zunächst einmal ein literarisches Werk, in dem sich Motive finden, die in der klassischen Mythologie, in der Romanliteratur und der erotischen Poesie gut bezeugt sind. Einige davon seien hier aufgezählt: Psyche wird als Sühnopfer auf einem Felsen ausgesetzt: Andromeda soll ebenfalls auf einem Felsen einem Ungeheuer preisgegeben werden, weil ihre Mutter Kassiopeia den Anspruch erhoben hatte, schöner als die Nereiden zu sein; beide Mädchen werden gerettet. Alle Ausdrücke, die in Apollos Orakelspruch Amor verhüllt bezeichnen, finden sich in hellenistischer Dichtung. Der Palast des Liebesgottes hat seine Entsprechung im Herrscherhaus des Menelaos bei Homer (Od. IV 43ff.71ff.) oder im Haus des Helios bei Ovid (met. II 1 ff.). Die Verbindung Amors mit Psyche ähnelt in manchen Zügen derjenigen des Zeus mit Semele. Das Motiv der verderblichen Neugier hat sein mythisches Vorbild in der Pandrosos-Sage. Wie Psyche ihren Geliebten, so sucht Io Epaphus, ihren geraubten Sohn, Demeter ihre Tochter Kore. Herakles hat, wie Psyche, auf fremden Befehl eine Anzahl von Taten zu verrichten. Helm vergleicht das Scheiden der Getreidekörner mit dem Ausmisten des Augiasstalles, die wilden Schafe, von denen Psyche die goldene Wolle holen muß, mit den Rindern des Geryones, dem wilden Stier des Minos oder den rasenden Stuten des Diomedes, die dritte Prüfung der Psyche mit Herakles' Zug zu den Hesperidenäpfeln, die ja auch von einem Drachen bewacht werden, und Psyches Unterweltsfahrt mit des Helden Katabasis zur Gewinnung des Cerberus. Zahlreiche weitere Motive und viele sprachliche Fügungen weiß Helm auf literarische Muster zurückzuführen, ehe er schreibt: »Nur ergötzen wollte er [Apuleius] auch mit der Amorgeschichte, und ich muß die Worte [...] unterschreiben: ›Bien certainement, Psyché n'a été admise dans les Métamorphoses que pour divertir le lecteur. Prenons l'épisode pour ce qu'il est, un joli conte encadré dans un roman.‹«

Beurteilt Helm die Dichtung von Psyche als einen aus Elementen der alten Sage und Poesie in hellenistischer Zeit zusammengeschusterten Göttermythus, so vertritt Ludwig Friedländer (1871, S. 16 ff.) die Auffassung, daß der Erzählung des Apuleius ein echtes Volksmärchen zugrunde liege, dessen Grundzüge in den Märchen der verschiedensten Völker wiederkehren. Auch ein unbefangener Leser wird im Eingang der Erzählung *Erant in quadam civitate rex et regina* an den bekannten Märchenanfang »Es war einmal« erinnert, fühlt sich in der neidvollen Venus an die Mißgunst der Königin in »Schneewittchen« gemahnt und vergleicht Psyches erste Arbeit unwillkürlich mit Aschenputtels Dienst. Doch die Parallelen gehen, wie Friedländer unter Beizug zahlreicher deutscher und verwandter Märchen anderer Völker gezeigt hat, viel weiter. Zwei seien genannt: Die unsichtbare Dienerschaft (met. V 2 ff.) tritt auch in Grimms Märchen Nr. 90 »Der junge Riese« auf: »Als er ein Weilchen da gesessen hatte, tat sich auf einmal die Tür auf und kam eine große Tafel herein, und auf die Tafel stellte sich Wein und Braten und viel gutes Essen, alles von selber, denn es war niemand da, ders auftrug. Und danach rückten sich die Stühle herbei, aber es kamen keine Leute, bis auf einmal sah er Finger, die hantierten mit den Messern und Gabeln und legten Speisen auf den Teller, aber sonst konnte er nichts sehen.« Das Motiv, daß der Geliebte nicht in seiner wahren Gestalt gesehen werden darf (Märchen vom Typus »Tierbräutigam«), hat eine deutliche Entsprechung bei Grimm Nr. 88 »Das singende springende Löweneckerchen«. Wie Amor, von Psyches Lampe beleuchtet, aus dem Schlaf erwacht schweigend wegfliegt und die Törin von einer hohen Zypresse herab heftig tadelt,

so wird der in einen Löwen verzauberte Königssohn von einem durch eine Türritze fallenden Lichtstrahl in eine weiße Taube verwandelt und fliegt davon.
Schon lange war an der Erzählung von Psyche das starke Vorherrschen der *Dreizahl* aufgefallen: drei Schwestern, drei Besuche, drei – zweigeteilte – Stationen der Wanderung (Fluß – Pan, die beiden Schwestern, Ceres – Juno), drei Anfechtungen durch die Bittsteller auf der Hadeswanderung (hinkender Esel, schwimmender Greis, alte Weberinnen), die drei unterirdischen Instanzen (Charon, Cerberus, Proserpina). Um so befremdlicher wirkt die *Vierzahl* von Psyches Arbeiten. Ludwig Bieler hat in einer glänzenden Studie (1933, S. 334 ff.) gezeigt, daß die dritte und vierte Arbeit Dubletten sind, daß in beiden Aufgaben das »Wasser des Lebens« geholt wird. »*Ein Märchen A* (Dämonenehe, Verwundung, Wanderung, Heilung des Geliebten durch das Wasser des Lebens) *ist nach einem Märchen B* (Mahrtenehe mit übertretenem Verbot, Wanderung, Hexendienst: drei Aufgaben und Jenseitsfahrt, Hochzeit) *umgebildet worden*« (S. 352). »In *hellenistischer Zeit* erhielten aus einem damals entstandenen *Mythos* die Helden des Märchens die Namen *Eros und Psyche*, im Gefolge davon wurde die böse Mutter [...] Aphrodite [...]. Dieses Märchen von Eros und Psyche ging später durch die *Stufe des Romans* [...], so kam der Stoff zu *Apuleius*; der aber hat gewiß sein griechisches Original nicht einfach übersetzt. Am Stoff wird er so gut wie nichts geändert haben; dagegen ist in der Charakterzeichnung und Darstellung im einzelnen sicher viel auf seine Rechnung zu setzen und vollends die seltsam barocke Sprachkunst ohne Zweifel sein eigen« (S. 368 f.).
Den griechischen Charakter der Erzählung von Apuleius hat Georgios A. Megas in seinem monumentalen Sammelwerk (1971), worin Hunderte von Varianten notiert und klassifiziert werden, deutlich gemacht: »[...] es muß als absolut sicher angesehen werden, daß Apuleius seine

Erzählung Amor und Psyche, deren letzten Teil er nach philosophischen und mystischen Ideen seiner Zeit umgeformt hat, in Griechenland und aus griechischen schriftlichen oder mündlichen Quellen geschöpft hat« (S. 206).
Dies ein knapper Überblick über einige Deutungsversuche, die unser Märchen erfahren hat. Ihre Beurteilung mußte hier unterbleiben. Wie weit Apuleius seine Vorlage verändert hat, wird nie – trotz der Versuche, den Archetyp des Märchens zu rekonstruieren – vollständig zu klären sein, da diese selber fehlt; darum wird auch die Frage nach der Absicht, die Apuleius mit seiner Psyche-Erzählung verfolgt hat, immer wieder verschiedene Antworten erfahren. In ihr sind Motive verschiedenster Art und Herkunft wie in einem großen Strom zusammengeflossen, die, für sich genommen, eine mystische, psychologische, mythologische Bedeutung durchaus haben können; ob sie aber auch vom Autor des *Goldenen Esels* so verstanden und zu diesem Zweck übernommen oder verbunden wurden, bleibt zweifelhaft. Was einzelne Züge einer Geschichte oder die ganze Geschichte an Sinnfülle mittragen, muß von dem, der sie verändernd übernimmt, nicht unbedingt mitgedacht werden.
Ist nun die Geschichte von *Amor und Psyche* ein *Märchen*? Ja und nein. Wie beschrieben, finden wir den Märchenton, Märchenmotive. Daneben anderes, was nie zu einem echten Volksmärchen gehört: der überreiche mythologische Apparat, die oft geschwätzige Genremalerei, der komisch-burleske Ton in der Schilderung der Götter, die Anklänge an römisches Recht und Bräuche der Kaiserzeit usw. *Amor und Psyche* in Apuleius' Gestalt ist ein *Kunstmärchen*, das trotz mangelnder Stileinheit den Leser auf weiten Strecken entzückt. Ohne diesen Text wäre die abendländische Literatur um ein Juwel ärmer.

Inhalt